ペトラルカ恋愛詩選

ペトラルカ恋愛詩選

岩崎宗治 編訳

水声社

目次

凡例

○ 本書は、フランチェスコ・ペトラルカの詩集『カンツォニエーレ——俗事詩片』の抄訳である。この詩集の原題は *Rerum vulgarium fragmenta* であるが、*Canzoniere* として広く知られている。

○ 底本として用いたのは、Francesco Petrarca, *Canzoniere*, A cura di Sabrina Stroppa（Giulio Einaudi, Torino, 2011 e 2016）であるが、これ以外の版も参考にした。

○ 訳文は原文に倣って行分けのある韻文を意図したが、脚韻を移すことは考えなかった。

○ それぞれの詩の前に置かれた数字は、原著『カンツォニエーレ』における作品番号である。本書ではこの作品番号に添えて、「ソネット」とか「カンツォーネ」とか、詩型を付記した。

○ 古典神話やキリスト教聖書にかかわる語、なじみの薄い隠喩、文脈によって特定の意味が与えられている語、などに注を付けた。

○ 巻末に、「解説」に代えて「断章——『カンツォニエーレ』とソネットの伝統」を置いた。

はじめに

フランチェスコ・ペトラルカは、一三〇四年七月二十日、トスカーナの町アレッツォで生まれた。父はフィレンツェ政庁の書記であったが、政争のなか、職権乱用の罪状で追放の身であった。一家は、一三一二年、当時、教皇庁の所在地となっていた南仏アヴィニョンに移り住んだ。フランチェスコは、一三一六年、モンペリエ大学に進み、ラテン語弁論、ローマ法を学び、傍ら古典に関心をもち、ウェルギリウス、キケロに親しんだ。一三二〇年、ボローニャ大学に進み、ローマ法の勉強をつづけた。一三二七年、アヴィニョンの聖キアーラ教会で生涯の恋人ラウラとめぐり合った。

一三三〇年、秋、ジョヴァンニ・コロンナ枢機卿に仕え、コロンナ家の礼拝堂付き司祭となり、一三三三年、神学教授ディオニージ・ダ・ボルゴ＝サン＝セポルクロからアウグスティヌスの『告白』を贈られ、深い感銘を受けた。このころ、信仰と古典研究の矛盾を感じつつも、キリスト教と古典文学への理解を深めていった。一三四一年四月八日、ローマで桂冠詩人の栄誉を受け、それまで押し進めてきた古代文芸「再生」運動を世に認めさせた。翌一三四二年、自作の詩を集め、俗語詩集（のちに『カンツォニエーレ』として知られるようになる詩集の原型）の編集に着手、約一〇〇篇の作品を纏めた。

教訓的な寓意詩『凱旋』に含まれる六篇の詩のうち、「〈愛〉の凱旋」と「〈貞潔〉の凱旋」は、一三四三～四五年ころ書かれたと考えられているが、凱旋車に乗る女性像〈貞潔〉には、ペトラルカのラウラへの思い入れが強くこめられていると思われる。その後、一三四七年には『わが秘密』を執筆、ラウラへの愛と名声欲が、霊的救済の願いと矛盾することからくる心中の苦しみを、アウグスティヌスとの内面的対話の形で真摯に分析した。一三四八年、ペストの大流行があり、四月、ラウラが昇天、ペトラルカは悲惨の淵に突き落とされた。七月、ジョヴァンニ・コロンナ死去。一三五〇年、ボッカッチョと相知るようになり、親交を深めた。九歳若いボッカッチョは、ペトラルカを師と仰ぎ、文学の分野におけるルネサンス運動に力を尽くした。一三五九年、ペトラルカは詩集・第四稿の制作にとりかかり、題を「俗事詩片」とした。

晩年、一三六一〜七四年の間は、静穏な生活を求めてパドヴァ、ヴェネツィア、そしてパドヴァ西南のアルクアに暮らし、一三七一〜七三年は詩集・第七稿の制作に従事、七三年には詩集の結びとして聖母マリアへの祈りのカンツォーネを執筆、この年一月から第八稿、さらに第九稿の完成を急いだ。

一三七四年七月十八日、アルクアの自宅山荘で死去。村の聖マリア教会に埋葬された。七十歳であった。

＊

『カンツォニエーレ』として世界文学史に知られるペトラルカの詩集『俗事詩片』は、ペトラルカが愛する女性ラウラに捧げた三六六篇の詩から成る。当時、キリスト教世界においては、ラテン語が国際語、公用語で、これに対してそれぞれの民族の日常語は俗語と見なされていた。つまり、ペトラルカがこの詩集を「俗事詩片」*Rerum vulgarium fragmenta* と題したのは、これがイタリア語の詩集だということである。詩集は、ソネット三一七篇、カンツォーネ二九篇、セスティーナ九篇、バッラータ七篇、マドリガーレ四篇から成る。

本訳書は、『カンツォニエーレ』からソネット三八篇、カンツォーネ八篇、セスティーナ一篇、バッラータ一篇、マドリガーレ一篇を選んで一巻としたものである。「ペトラルカ恋愛詩選」と題したが、詩篇のなかには「128カンツォーネ」のような政治詩や、「366カンツォーネ」のような祈りの詩も含まれている。恋愛詩に限られないことを、念のため付記する。

ペトラルカ恋愛詩選

第I部

ラウラに捧げる

1

ソネット①

この詩集に収められた詩篇のなかに
わたしがいまの自分になるまえ
まだ紅顔の過ち多き青春の日に
若き心の洩らした溜め息を聞く人よ、

甲斐なき望み、空しい悲しみのままにまに
わたしが涙し嘆きつつ感じたさまざまな思いを、
身をもって恋の試練を知る者ならば
許し、憐れと思ってほしいものだ。

だが、この身がすでに長いあいだ
世人の噂に上っていることを、いま
わたしは心から恥じてもいるのだ。

ともあれ、恥の果実も後悔も、
この世の喜びはただ一炊の夢との認識も、
すべては遠い日の過ちから生まれたもの。

2

ソネット

これまでに受けた千もの侮辱に復讐し
その恨みを一日で優雅に晴らそうと、
〈愛《アモール》〉はひそかに弓に矢を番《つが》(1)え
然《しか》るべき時と場所をえらんで待っていた。

わたしは持てる力のすべてを心臓に糾合し
心と目で必死の防戦につとめたが
ついに致命的な一矢を胸に受けた、
他の矢はすべて的を外れたのだが。

わたしの心はこの最初の一撃に狼狽《うろた》えて
武器をとって身構えるべきときに
その気力も機会も見出せなかった――

〈愛〉の殺意から身を守るため
険しい山に登る聡明さを、と考えたが
力及ばず、なす術もなく終わった。

3

ソネット

その日は〈造り主〉の苦悶を悲しみ
陽の光もこころなしか青ざめていた(1)。
わたしは心奪われ、身を守る術もなかった――
愛する女《ひと》よ、きみの視線に射貫かれて(2)しまったのだ。

〈愛《アモール》〉の攻撃から身を守るべきときなどとは
つゆ思わず、わたしはなんの不安も心配もなく
歩いていた――わたしの苦境は
世界を覆うその日の悲しみのなかではじまったのだ。

〈愛〉はなんの防具もつけぬわたしを見て、
目から心への道は開けていると見てとった。
目はすでに涙の戸口となっていた。

防具をつけたきみには弓さえ見せず
まったく無防備なわたしにだけ矢を射るなど
〈愛〉の名誉にはならぬと思えたのだが。

5

ソネット

きみに憧れてわたしが胸の溜め息をかき集め
〈愛《アモール》〉がこの心に刻んだ名をよぶとき、(1)
最初にまず聞かれる音は
'LAU-dando'（賞讃すべき）という語の美しい響き。

つぎに出会う‘RE-al’（王に相応しい）はきみの威厳、
高邁な仕事[2]に向かうわたしの力を倍加してくれる。
だが、語尾の‘TA-ci’[3]（暗黙のうちに）が叫ぶ――「おまえの肩は
彼女の名声を担う資格はない」と。

こうして、だれかがきみの名を呼ぶとき、その声はそのまま
あらゆる讃辞と名誉に相応しいきみを
‘LAU-dare’（讃美し）、‘RE-verire’（尊敬する）ことを教える。

ただし、‘mor-TA-l’[4]な（死ぬ定めの／人間の）舌が
アポロンの神の永遠に緑の枝[5]を敢えて語る
傲慢を、この神が怒らなければの話だが。

11

バッラータ(1)

陽射しの昼にも、暗い夜にも、乙女《おとめ》よ、
そのヴェール(2)をとったきみを見たことがない——
この胸の、どんな願いも蹴散らすほどの
大きな願いを、きみが知って(3)しまってからは。

秘《ひそ》かに抱いていた愛の思いは
この心を締め殺すほど強いものだった。
あのころは、きみの顔にも憐愍《あわれみ》の色があった。
だが、ぼくの感情を〈愛〉《アモール》が気づかせると
きみはすぐ、ブロンドの髪をヴェールで覆い、
優しい眼差しはそのまま隠れてしまった。
ぼくは、芯から憧れていたものを奪われた。
そのヴェールこそ、ぼくの望みを砕くもの――
暖かい日も、寒い日も、ぼくが死ぬその日まで
きみの美しい眸の魅惑の光をかくす[4]もの。

13

ソネット

ときどき他の女性たちとともにいるとき
彼女の美しい顔に現れる〈愛〉を見て、
この女《ひと》に優る美人はいないと知り
そのたびに、わたしのなかの愛の思いはつのる。

自分の目がそんな高みに視線を放ったその場所、
その日、その時刻を、わたしは祝福し、自らに言う、
「わが魂よ、こんなに大きな名誉に浴することを
許されて、おまえは深く感謝すべきだ。

世人の欲するものには目もくれず、ひたすら
求めさえすれば、最高善へと通じる愛の思いが
彼女からおまえの許に送られてくることだろう。

彼女から優しい真心《まごころ》がとどいて、まっすぐに
おまえを〈天国〉に導いてくれることだろう――
いや、すでにわたしは希望の翼に乗って飛んでいる」と。

16

ソネット

髪白く、頬衰え、老人は別れを告げる、
幾星霜を過ごした愛《いと》しいわが家に。
あとに残される家族はそれぞれに心乱れ
遠ざかり行く父の後ろ姿に目を凝らす。

老人は重い身体を引きずって
人生の最後の日々のつづくあいだ
捲《う》まず撓《たゆ》まず歩きつづける、
老いに挫かれ、旅に疲れても。

彼はローマ(1)にたどり着く。望みは一つ、
天国での再会を願うお方の顔立ち(2)を
自分の目でしかと見て心に深く刻むこと。

そんなふうに、愛《いと》しのきみよ、わたしは求めつづける、
行きずりの人の顔に見つけようとする、
きみの真実の姿、わが心願の女《ひと》の姿を(3)。

17

ソネット

涙の雨が両の頬を流れ
苦悩の溜め息が風となって吹く――
わたしの目がきみに向けられているとき。
只管《ひたすら》きみを思い、わたしは世界から孤立している。

きみが優しく微笑むと、甘美な慰めが
わたしの燃え立つ憧れを鎮め
殉教の炎から救い出してくれる——
わたしの視線がきみに注がれているあいだ。

だが、突然わたしの精神は芯から冷たくなる、
きみが立ち去って、運命の二つの星[1]の
雅《みやび》な動きがわたしの視界から消えるとき。

その二つの愛の鍵[2]によって解放されると、
わたしの魂はこの胸を離れ、きみを追って
大きな思いとともに遠く飛び去る[3]。

22

セスティーナ[1]

大地に生きるどんな動物にとっても、
太陽を避ける数少ない獣《けもの》は別だが、
日のあるあいだは労苦《いたつき》の時間。だが、
星たちが煌《きら》めきはじめると
森に宿りする者も、住まいに帰る者も、

夜明けまで安らかに休息する。

ところがこのわたしは、**夜明け**がはじまり
大地を覆う闇が追い払われ
森の獣たちが目を覚ますそのときから、
空に**太陽**のあるあいだ、溜め息の止むことがない。
やがて**星**たちが輝きはじめるのを見ると
涙しはじめ、新しい**日**を涙目で待ちわびる。

日のある時間の明るさを夕闇が追い散らし、
われらの宵、地球の反対側の**夜明け**のころ、
わたしは悲しみの目で残酷な**星**たちを見つめる——
大地からわたしを造ったあの星たちを。
わたしは自分がはじめて**太陽**の光を見た日を呪う、
わたしがまるで**森**の自然児だったあの日を。

こんなに残酷な獣が**森**にいたためしがあろうか——
日のある時間も暗い夜のあいだも、わたしが

太陽の下でも日陰でも涙して思うあの女《ひと》のような。
宵闇も**夜明け**の光も、わたしの涙を止められない――
わたしの身体は**大地**からできているが
このゆるぎない憧れは**星**から生まれたものだから。

わたしがきみたちの許に帰るまえに、煌めく**星**たちよ、
あるいはこの肉体が粉々になって**大地**に帰り
恋人たちの**森**(2)に静かに沈むまえに、もしわたしが
あの女《ひと》の憐れみを受けられたら、たとえ一**日**でも
多年の時間をとりもどせるし、**夜明け**がくるまで
太陽が沈んでからの至福の時をもてるのだが。

太陽の傾くころ、あの女《ひと》とともにいて
星空のほかに人目はなく、二度と
夜明けを見ることもなく夜を過ごせたら！
かつてアポロンの神がこの**大地**で恋人を
追ったあの**日**のように、愛する人が
わたしの手を逃れ緑の**森**に変身しないで。(3)

でも、そんな美しい夜明けの太陽が出るまえに、
きっとわたしは乾いた森の大地に埋められ
その日は小さな星たちで一面に飾られるだろう。

35

ソネット

ただひとり思いにふけりつつ、わたしは歩く、
人影の絶えて見えぬ土地を、重い足どりで。
人が足を踏み入れたところには、ゆめ
立ち入るまいと、地面に目を凝らしつつ。

わけ知り顔の人目《ひとめ》から身を守る楯は
これよりほかには見つからない――
喜びの断片《かけら》も見えぬわたしの挙措《きよそ》から
燃える心の内は一目で読めてしまうから。

いま、人目から隠されたこの生きざまを
知るのはただ山脈《やまなみ》と草原と
川の流れと森や木立だけだと思う。

だが、〈愛〉《アモール》は、どんな茨《いばら》の道、
どんな険《けわ》しい路もつゆ厭《いと》わず、
時をえらばず追ってきて、囁きかける。

44

ソネット

テッサリア[1]の地をあのように速やかに
市民の血で朱《あけ》に染めた辣腕《らつわん》のあの男[2]さえ、
顔に見覚えのある娘婿[3]の死を前にして
はらはらと涙を流した。

投げ石でゴリアテ(4)の額《ひたい》を打ち砕いた羊飼い(5)は、
身内(6)が反逆者となったとき、深く嘆いたし、
また、善人サウル(7)の死を知ったときには、悲涙に咽《むせ》び、
その悲しみに険しい山さえ動いたという。

だが、きみ(8)は、憐れみの色など微塵も見せず、
慎重な防御を一時《いっとき》もおこたらず、
〈愛《アモール》〉の引く弓はすべて無駄。

千回も死ぬ思いのわたしの顔を見ながら
きみの目は一滴の涙も流さず、
ただ侮蔑と怒りの眼差しばかり。

45

ソネット

〈愛《アモール》〉と〈天〉とが褒めそやすその美貌を
きみがいつも映し見る鏡はわたしの仇敵――
鏡のものではない似姿《イメージ》、この世のものとは思えぬ
美と喜びに満ちた容姿に、きみ自身が魅せられている。

鏡に唆《そそのか》されて、きみはわたしを追い出してしまった、
これまで暮らしていた幸福の住居《すまい》(1)から。
いまは流浪の身。尤も、きみがひとり住むところは
わたしごときが住むには不相応ではあるのだが。

ともあれ、わたしが太釘で打ちつけられた(2)身でいるときに、
鏡はたとえきみの容姿を愛したからといって
きみを冷酷で高慢な女にするべきではなかったのだ。

そうだ、いまもしナルキッソス変身の故事(3)を思えば、
あの話もこの話も、行きつく先は同じ(4)とわかる——
きみのような美しい花に相応しい草地はないけれど(5)。

50

カンツォーネ[1]

太陽が早くも西に傾き、
遠い国の人びと[2]が、たぶん
明るい昼間を待ちわびているころ、
老いに疲れ果てた巡礼の女がひとり
見知らぬ土地で孤独に襲われ、

旅の足を速め、先へ先へと道を急ぐ。
巡礼は、一日の終わりには
このように心寂しくはあるけれど、
宿に来てしばしの休息をとると
朝からの旅の疲れを忘れ
身も心もひとまず慰む。
だが、ああ、わたしにとって日々の心労は
永遠の光なる太陽が遠ざかりはじめるとき
ますます重くのしかかる。

太陽の火炎の車が西へと向かい
代わって夜の帳《とばり》が広がり
山脈《やまなみ》に陰が降りるころ、
純朴な農夫は鋤《すき》を収め
鄙《ひな》びた歌をうたって一日の労働の
重い気分を胸から晴らす。
それから彼の夕餉《ゆうげ》の時間、
食卓には貧しい食べ物が並ぶ――

人びとが歌にはうたうが食べようとはしない
あの団栗《どんぐり》(3)の実のような食べ物だ。
楽しめる人は折《おり》にふれ楽しむがいい、
大きな幸せとは言わぬまでも一時《ひととき》の安らぎを。
だが、わたしには安らぎは訪れぬ、
どんな雨の日にも、星降る日にも。

そして、羊飼いは、大きく輝く天体が
西の住まいに向かって傾き
東の空が暗くなるのを見ると
すっくと立ち上がって、使い慣れた牧杖を手に
草地と泉と山毛欅《ぶな》の木陰をあとにして
羊の群を追いながら心も軽く家路につき、
人里を遠くはなれた地に
緑の小枝を編んで作った
庵《いおり》か小屋のような住まいに向かい、
そこでなんの煩いもなく静かな眠りにつく。
だが、ああ、残酷な〈愛《アモール》〉よ、おまえはわたしを唆《そそのか》し、

獲物[4]を、その声と足どりと行方《ゆくえ》を、追いかけさせ、
わたしを憔悴させる。おまえは彼女を
縛らない[5]から、彼女は身を隠してはまた逃げる。

船で暮らす船乗りたちは、安全な港に入って
甲板に手足を伸ばし、日が沈むと
粗織《あらお》りの帆布の下で眠る。
だが、たとえ太陽が波間に沈み、
あとにスペインやグラナダやモロッコや
〈一本の柱[6]〉を残していこうと、
また、すべての男たち、女たち、動物たち、
この世界の生きとし生けるものすべての
それぞれの労苦が和らいでみんな安堵しようと、
わたしのこの根深い苦悩は終わりはしない。
日ごと苦しみの大きくなるのが苦しいのだ――
すでに十年近くも大きくなりつづけている
この愛の苦しみに、わたしは耐えている、
だれが解放してくれるのだろうと訝《いぶか》りながら。

そして(話せば苦しみが軽くなるだろうか)
夕暮れ、目にとまるのは、それまで耕していた畑や
草地から解放されて牛たちが帰路につく姿。
だが、わたしの溜め息はいつまでも止まぬ。
首に掛けられたこの重い軛《くびき》はなぜ?
なぜわたしの目は昼も夜も涙に濡れていなければならぬ?
ああ、はじめてこの目を
あの美しい容姿に向け、
それを心の画布に刻みつけたとき、
わたしは一体なにを望んだのか。
どんなに努力し考えをめぐらしても
どうすることもできないのだ、
この身が〈死〉の餌食となる日まで。
そのときでさえ、なにかできることがあるのかどうか。

わたしの歌《カンツオーネ》よ、もしおまえが
昼夜を分かたず一緒にいて、

わたしの強い味方となって、
どこにも絶えて赴かず、
他人《ひと》の賞讃など意に介さず、丘から丘へ
ともに彷徨《さまよ》って、わが心の支えの
生命《いのち》ある石(7)の炎にこの身が焼かれ燃え尽きるまで
わたしを見守ってくれれば、どんなにうれしいことだろう。

52

マドリガーレ(1)

ダイアナを崇める男は欣喜雀躍(2)——
女神が美しい裸体《からだ》を泉に浸し
その姿を彼が目にしたときだった。

わたしが感じたのはそれ以上の歓喜——

アルプスの純朴な羊飼いの美少女(3)が
金髪と可愛いヴェール(4)をそよ風に委《ゆだ》ねたとき。
それは、いまこの暖かい陽射しのなかで
五体が愛の寒気(5)に震えるほどだった。

61

ソネット

祝福されてあれ！　あの日、あの月、あの年、
あの季節、あの時期、あの時間、あの瞬間！
あの至福の場所、わたしを打ちのめし
身動きできなくしてしまったあの美しい眸！

また、祝福されてあれ！　〈愛《アモール》〉に捕らえられたと知って、
はじめて感じたあの甘美な苦しみ！
〈愛《アモール》〉(1)の弓と、この身を貫いた矢の数々、
わたしの心の奥まで達した深い傷！

さらに、祝福されてあれ！　愛しい女《ひと》の
名を讃えてわたしが口にした言葉の数々、
わたしが洩らした溜め息のすべてと、涙と、憧れ！

祝福されてあれ！　あの女《ひと》の名声を高めんがため
わたしが費やしたすべての紙片、すべての願い、
ひたすら彼女への、そして、わたしひとりの、深い思い。

70

カンツォーネ

ああ、わたしの願いはこれまで幾度
裏切られたことか。一体どうしろというのだ！
可哀相と思って聞いてくれる人もいないのに
なぜかくも多くの祈りを天に向かって叫ぶのだ？
だが、もしこの生命《いのち》あるあいだ

拙い言葉を終えなくてもよいと
いうことであるならば、ぜひとも
わが主人[1]にお願いしたい、どうか
花咲く野でいつか心おきなく言わせてほしい——
「歌をうたい楽しむのはわたしの権利、理にかなったこと[2]」と。

わたしがときどき歌うには理由《わけ》があるのだ、
つまり、これまで長いあいだついてきた溜め息の
その大きな悲嘆を埋め合わせるには、いくら歌を
歌っても歌いすぎはしないということ。
そして、もしわたしの歌う快い言葉から
あの聖なる二つの眸《ひとみ》が
いくらかでも喜びを受けとってくれるならば、
世の恋人たちにもましてどんなに幸せなことか！
だが、もし率直にこう言えれば、さらに幸せ——
「彼女の望みに応えてわたしは歌う[3]」と。

こうして一歩、また一歩、手のとどかぬ高嶺へと

わたしの理性を先導してきたのはこの強い憧れ——
だが、見たまえ、愛する女《ひと》の心は石のように硬く
いくら力を尽くしても一歩も踏み込めない。
わが愛しき女《ひと》の誇りは高く、わたしの言葉に
耳傾けるほど低きを顧みてはくれない。
これは〈天〉の意志ではないのだ。
この成り行きにわたしは疲れ果て、
自分の心まで頑《かたくな》になってしまって、むしろ
「わが言葉の粗々《あらあら》しく響くを望む」(4)。

なにを言っているのか、わたしは？　どこにいるのか？
高きに過ぎる望みに欺かれているのか？
わたしの心は天界を圏から圏へと経巡《へめぐ》ってみたが
わたしの苦悩と涙は星の所為《せい》ではなかった。
もし目にかかるヴェールが視力を曇らせているのだとしたら(5)
どうして星たちが悪いと言えよう？
あるいは美しいものに罪ありと？
昼も夜もわたしを悲しませる者(6)がわたしの傍《かたわ》らにいて

喜びの荷をわたしに負わせているのだ、
「彼女の美しい容姿、柔和な愛らしい視線(7)」の荷を。

この世界を飾っている美しいものはすべて
〈造り主〉の手で善《よ》きものとしてつくられている。
だが、彼女の心の奥深くを読めないわたしは
ただ外見の美しさに目眩《くら》めくばかり。
彼女の心の真実がもし輝き出るとしたら
わたしの目はこのままではいられないだろう――
この目は病んでいるのだ。すべては
目そのものの所為《せい》で、あの日の過ち(8)の所為ではない――
わたしが天使の美しさを目にしたあの日の、
「わが青春の美しい季節(9)の」。

90

ソネット

かつては美しい金髪をそよ風になびかせ
髪は無数の房となって風に流れ
美しい眸には愛くるしい炎が燃え立っていたが
いま、ほんの少し翳りが見られる（1）。

顔に浮かぶのは憐れみの色。
それが真実のものか否か、わたしには分からぬ。
だが、大きい愛の火口《ほくち》を胸に抱くわたしが
たちまち炎と燃え上がるのになんの不思議があろう？

彼女の歩くさまは、地上を歩く者のようではなく
まさに天使の姿。彼女の話す声は
地上のどんな人の歌声にもまさる妙《たえ》なるひびき。

かつてわたしの目にしたのは天の聖霊、
地上の太陽だったのだ。いまはそうではないのに、
弓は引かれていないのに、傷はいまも痛む。(2)

122

ソネット

はじめて燃え立ってから、この火は
十七年を閲《けみ》したが、いまも激しく燃えている。
いまの自分のありようを思うと
その炎を冷気が貫くのを感じる。

諺に言う、悪癖は老いても直らぬ、と。
人間、五感はすべて鈍くなっても
情念は少しも衰えを見せぬ——
われわれの重いヴェール(1)の苦《にが》い影。

悲しいことだ！　火の試練(2)を抜け出るまでに、
歳月の過ぎゆくさまを眺めつつ
なんと長いあいだ苦しまねばならぬことか！

あの美しい顔《かんばせ》が、優しい雰囲気をまとい
この目を喜ばせてくれる日は来るのだろうか——
わたしの心からの願いがかなえられる日は？

126

カンツォーネ

美しく澄みきった清水の流れ、
わたしにとってただ一人の女性が
美しい身体《からだ》を休めるところ。
彼女が白い脇を寄りかからせるとき
（思うだけで溜め息が出る）

円柱の役を果たす傍《かたわ》らのやさしい樹。
そして、脱ぎすてられた着衣の裳裾《もすそ》の
天女の衣のような優美な襞《ひだ》で
覆われる草地の花たち。
静謐でどこか神聖な空気、
〈愛《アモール》〉があの魅惑の目でわたしの心を開いたところだ。
みんな、(1)よく聴いてくれたまえ、
わたしの最期の悲しい言葉だ。

もしそれが真《まこと》にわたしの宿命で
〈天〉の定めた道であるならば、また
〈愛〉がこの泣き濡れた目を塞がねばならぬのならば、
どうか、恩寵によって、この哀れな肉体は
きみたち(2)の所に埋葬され、
霊魂は裸で(3)その誕生の家に帰らせてほしい。
そして、この望みをもしかの恐ろしい通過点(4)まで
もちつづけることができれば
死はいくらか耐えやすいものになるだろう。

もしそうなれば、わたしの哀れな魂は
港で安らかに憩えるだろうし、
音ひとつせぬ静かな墓所で
疲れ切った肉と骨から解放されることだろう。

もしかしたら、よく来たことのあるあの場所に
あの美しい獣《けもの》が優しくなってもどってくる、
そんな時がまた来るかもしれぬ。
そして、いまは祝福されてあるあの日(5)に
はじめてわたしと出会ったあの場所で
彼女は視線をめぐらし、幸せな希望をこめて
わたしの姿を探す。そして、ああ、哀れにも
わたしがすでに塵に帰り、地の下に
埋もれているのを見て、〈愛〉に思いを吹き込まれ
嘆息するだろう。その美しい所作で
わたしのための祈りは天の慈悲を与えられ
天国の門は開き、彼女は
美しいヴェールで涙を拭うだろう(6)。

そのとき、美しい枝からは絶え間なく
（わたしはいま懐かしく思い出す）
彼女の膝に落ちる花びらの雨、
静かに坐っている彼女は
大きな栄光に包まれながら、謙虚に
降り注ぐ愛の花たちに包まれていた。
彼女の膝に落ちる花びら、
金髪の巻き毛の上にも。
純金の台座につけた真珠のように
その日のわたしには思えたものだ。
花たちは地上に落ちてとどまり、あるいは川面《かわも》に浮かび、
あるものは風に乗ってここかしこ飛び散らい、
ひらひらと舞いながら言うのだった――「ここは〈愛〉の王国」と。

そのとき、わたしは驚異に満ちて
なんども口にしたものだった――
「彼女はきっと天国の生まれにちがいない」と。

わたしがわれを忘れて凝視《みつめ》たのは
彼女の女神のような身のこなし、
その顔立ちと、言葉遣いと、こぼれるような微笑《ほほえみ》。
こうして、わたしは本来の自分とは
まったく別ものになってしまって
溜め息まじりに言ったものだ――
「わたしはどんなふうに、いつ、ここに来たのだろう」と。
自分が〈天国〉にいるものと思いこんでいたのだ。
あのとき以来、わたしの心は
この草地にとどまり、他の場所で安らぐことは絶えてない。

さあ、わたしの歌《カンツオーネ》よ、身支度ができたら
意を決してこの森をはなれ
世人のあいだに出かけていくがよい。

128

カンツォーネ

ああ、わがイタリアよ、おまえの美しい身体《からだ》を覆っている
深い傷の数々を癒《いや》すのに
言葉はなんの役にも立たないが、
せめてもの願いは、テーヴェレ川とアルノ川、さらにまた
いまわたしがその辺《ほと》りに坐って悲嘆にくれている

ポー川[1]が、わたしの嘆きに応えてくれること。
天国を統《す》べ治めるお方よ[2]、わたしはお願いしたい、
どうか、かつて地上に来られたとき[3]のあの慈悲を
もういちどあなたの愛《め》でたもうこの地に注がれんことを。
ご覧ください、憐れみ深き主よ、
残酷な戦争も、その原因のなんと些細なことか。
誇り高く荒々しいマルス[4]の力で
堅く閉じた人びとの心を、
どうか、父よ、開かせ和らげさせたまえ。
そして、そこで[5]、あなたの真実を、父よ、
拙いながらわたしの言葉を通して、聞かせたまえ。

諸侯[6]よ、ここに広がる美しい国土の支配を
〈運命の女神〉はあなたたちの手にゆだねたわけだが
(あなたたちの心はこの国を憐れと思わぬようだな)
異国の者たちの剣はここで何をしている?
緑の沃野ひろがるこの国土が、野蛮な連中の手によって
流される血で、赤く染められていいというのか?

あなたたちは、勝手な思い違いでいい気になって
ほんの少しを見ただけで多くを見たと勘ちがいして、
銭金《ぜにかね》で動く連中の心にも愛があるものと思い込んでいる。[7]
大勢の家来をもつ者は
大勢の敵に包囲される慣《な》らい。
おお、この洪水！　異国の
荒地から集まった濁流が
われらの麗《うるわ》しの沃野を覆い尽くすとは！
これが、われわれが自分の手で
招いたことだとすれば、だれが救ってくれるというのか？

〈自然〉は、われわれとドイツの狂気のあいだに
アルプスという壁を立ち上がらせて
よき防備の手だてを作ってくれた。
だが、やがて、欲望が、むりやり
策を弄して、健康な身体に
疥癬をまとわせてしまった。
いま、同じ一つの檻に、獰猛な野獣たちと

温和な羊たち[8]が一緒に住むことになって、
苦しみ呻くのは常に善良な者たち。
原因はかの無法な連中[9]の子孫たち――彼らが
われわれに度重なる悲しみを負わせているのだ。
ものの本によれば、あの連中の横腹を
切り裂いたのはかのマリウス[10]で、
あの事蹟はいまも忘れられてはいない。
彼はあのとき、疲労困憊、激しい渇きのあまり
多量の川水を飲み、さらに多くの血を飲みほした。

カエサル[11]のことは語るまい――彼はかつて
われわれイタリア人の剣で敵の血管を斬り裂き
緑の沃野を鮮血で染めたのだが。
いまは、どうやら――どんな星の悪意によるものか――
天はわれわれに憎しみを抱いているらしい、
いや、信頼を託されたあなたたちの所為《せい》でもある。
諸侯の激しい意見の対立が
世界でいちばん美しい地域を破壊している。

一体どんな過ち、どんな判断、どんな運命によって
あなたたちは哀れな同胞を苦しめるのか。
傭兵どもが、すでにばらばらになった資産を
飽くことなく略奪し、かの地[12]でまで
金銭めあてで魂を売り、われわれの血を
流しているのだと知って、あなたたちはうれしいのか？
わたしの言葉は真実を語るため、
他者への憎悪や侮蔑のためではない。

充分な証拠があるのに、あなたたちはまだ
目にとめないのか、指一本上げれば死を
冗談にしてしまえるバヴァリアの欺瞞[13]を。
戦意なき傭兵を雇った屈辱[14]は、敗け戦《いくさ》以上に無念なこと。
あなたたちなら、もっともっと広い心で
血を流すはず。別の怒り[15]に駆られているからだ。
夜明けの三刻[16]に深く顧みれば
あなたたちにも分かるだろうが、このように自分を
軽んずる人間に、どうして他者を重んずることができよう。

おお、高貴なるラテンの血よ、
そのような有害な荷[17]から自分を解き放ち、
そんなにも実体のない空虚な風評[18]を
偶像のように崇めることはおやめになるがいい。
もしあの野蛮な種族[19]に、彼らの狂暴に、
われわれの知性が屈するとしたら、
悪いのはわれわれ自身。自然の成り行きではない。

「ここは、わたしの肉体がはじめて触れた土地ではないか？
ここはわたし自身の育った巣、
わたしが甘美な養育をうけたところではないか？
ここはわたしの信念が拠って立つ祖国、
わたしの愛《いと》しい親たちの亡骸《なきがら》を
優しくかき抱く慈悲深い母ではないか？」
ああ、神の名において、こんな思いがあなたたちの心を
動かし、あなたたちが同胞の涙に
憐れみの視線を注いでくれますように！
彼らはひたすらに神を求め、あなたたちからの救いを

待ち望んでいるのだ。だから、もし憐れみの
ほんの兆しでも見せてくれれば、
狂気に対して勇気が武器をとり
戦いはほどなく決着するだろう——
イタリアの心に備わった昔ながらの勇気は
まだ滅んではいないのだから。

諸侯よ、見たまえ、〈時〉は飛ぶように過ぎ、
われわれの生もまた須臾《しゅゆ》のうちに過ぎて
〈死〉が背後に迫っている。
あなたたちはいまここにいるけれど、魂がただひとり
肉体を棄てて旅立つ日を思ってほしい。いずれは
幽明を分かつ峠に向かわねばならぬのだ。
あなたたちは、この谷間[20]を通り過ぎるいま
憎悪と侮蔑の心を棄てたまえ、
平和な生に逆らうあの風[21]をも。
そして、他者に苦痛を与えることに
費やす時間を、手と頭脳の果たす

もっと立派な意義ある仕事に、
もっと美しく賞讃すべき行為に、
もっと立派な目的のために、捧げたまえ。
そうすれば、この地上世界は喜びに満ち
天国への道が開かれるだろう。

わたしのカンツォーネよ、おまえはこの思いを
丁寧な言葉で伝えるがよい。
というのも、おまえが行く先々の人びとは
地位高く、だが、いまだに昔ながらの
あの悪い習慣[22]を頑《かたくな》にもちつづけ、
いまも真実の敵なのだから。
いま、おまえは敢然と運を賭して
心寛《ひろ》く善を愛する少数者とともにあらねばならぬ。
彼らに言うがよい、「だれかわたしを護ってくれますか？
〈平和、平和、平和〉と叫びつづけるこのわたしを」と。

129

カンツォーネ

一つの思いからもう一つの思いへ、峰から峰へ、
わたしは〈愛《アモール》〉に導かれて行く。この道が
平穏な暮らしから遠いとは知っている。
もし淋しい野に泉や小川が、
あるいは二つの山のあいだに小暗い谷間があれば、

そこがわたしの怯えた魂の隠れ家《が》だ。
そして、〈愛〉に促されて、魂はときに怯え、
ときに勇を鼓して笑い、あるいは泣く。
わたしの顔は、魂の命ずるままに
暗く曇り、あるいは晴れ上がり、
久しく同じ姿のままとどまりはしない。
だから、こんな境遇を知る人がもし見れば
言うだろう――「この男は熱病だ、しかも病状不安定」と。

高い山や深い森に来ると
いくばくかの安らぎを見出すが、人の住む場所はどこも
わたしにとっては憎むべき敵。だが、歩みを進めると、
一歩ごとに、愛しい女《ひと》について
新しい思いが湧き、その女《ひと》を思う苦しみが
喜びに変わることがある。

そして、わたしは、この苦《にが》くて甘い生を
変えたいとは思わず、自分に言う――

「もしかしたら、〈愛〉はおまえを幸せにしてくれるかも。

おまえは自分をつまらぬ人間と思っていても、
もしかしたら、あの女《ひと》から愛《いと》しい人と思われるかも」と。

それからまた考えが変わり、溜め息をつく――

「そんなことが現実になり得るか？　どのようにして？　いつ？」

高い松の木の陰、あるいは山陰に来ると、
わたしはときどき歩みを止め、目にとまった石に、
ありたけの心をこめて、愛しい女《ひと》の面影を重ねて見る。
ふとわれに帰ると、わたしの胸は
悲しみに濡れている。涙しつつ言う――「ああ、悲しいことだ、
おまえはいまどこにいる？　なんと遠く離れてしまったのだ！」と。
だが、彷徨《さまよ》いがちな心を
初めの思いにつなぎ止め、自分を忘れて
あの女《ひと》のことばかり思っていると
〈愛〉がすぐ身近にいると感じられて、
わたしの魂は、自分の思いこみをよろこんでいる。
どこにいても目に浮かぶあの女《ひと》の姿はこよなく美しい――

思いこみがこのままつづいてほしいものだ。
幾度《いくたび》わたしはあの女《ひと》の姿を見たことか、
清らかな水のなか、また緑の草地の上に、
その生き生きした姿を。山毛欅《ぶな》の樹の幹に、
また、白い雲――レダ(1)が、そのそばでは
自分の娘もまるで昼間の星のように
光を失うだろうと言ったにちがいない真白い雲に。
やがて、荒野に来て
まわりがいっそう侘《わび》しくなると
わたしの思いはあの女《ひと》の姿をさらに美しく描く。
ほどなく、現実の光で甘美な幻影が
消し去られると、たちまちわたしは座り込んで
生命《いのち》ある石の亡骸《なきがら》のように冷たくなり、
思い、泣き、書くばかりの人間になる。

まわりのどの山よりも高く聳える峰に向かって
なんの妨げもない静かな道を辿り

激しい憧れが湧き上がるのをわたしは感じる。
それから、あたりを眺め、失ったものの大きさを
考えはじめ、そして、涙しながら心にたまった
雲のような苦痛を吐き出し、

どれほどの空間がわたしを
彼女の美しい顔から隔てているかを思う――
遠く離れていても、いつも身近な顔。
それから、そっと自分に向かってつぶやく、
「どうしておまえに分かる？　愚か者め、もしかしたら
遠くで、おまえがいなくて悲しんでいる女《ひと》がいるかも」と。
そう思うと、わたしの魂は静かに息づきはじめる。

わたしのカンツォーネよ、アルプスの山脈《やまなみ》のその向こう
空がもっと静謐で幸せに満ちているところで、おまえは
小川《せせらぎ》のほとりに立つわたしに再び出会うだろう、
瑞々しく香《かぐわ》しい月桂樹（2）から発する
オーラを感じることができるところで。

そこにわたしの心はあり、そこにそれを奪う人がいる。
きみがいまここで見るのは、ぼくの影にすぎないのだ。

132

ソネット

もしこれが愛でないなら、いま感じているものはなに？
もし愛だとしたら、その愛とは一体なに？
それがもし善いものなら、この刺すような痛みはなぜ？
悪いものなら、この苦しみが甘美なのはなぜ？

もし自分からすすんで燃えているのなら、なぜ泣き悲しむ？
意志に反してこうしているのなら、嘆いてなんの役に立つ？
おお、生きながらの死よ、甘美な苦痛よ、
同意していないわたしをどうして支配できるのか？

同意しているなら、苦しむのはまちがっている。
強風と激しくぶつかる逆風に翻弄され、小舟に乗って
舵もなしに、わたしは荒れた海を行く。

知恵のかけらもなく、過《あやま》ちの荷を負い、
つまりは自分がなにを欲しているのかも知らず、
真夏に震え、真冬に燃える。

134

ソネット

平和でもないが戦っているわけでもない。
不安と希望に揺れ、わたしは燃えつつ凍《こご》えている。
天空高く飛翔しつつ、地に身を横たえ、
虚空を掴み、世界を抱く。

わたしを収監している者（1）は獄舎を閉じもせず開きもせず、
拘束するわけでもなく放免するわけでもない。
〈愛《アモール》〉は殺しもせず軛《くびき》を解いてもくれず、
生かさず殺さず、苦境から解放してもくれない。

わたしは目でものを見ず、舌を使わずに叫び、
この身の消滅を願いつつ助けを求め、
自分自身を憎み、自分でない女《ひと》を愛している。

嘆きから気力を得、涙しつつ笑い、
生と死を等し並みに苦々しく思う。
すべては、愛しい女《ひと》よ、きみの所為《せい》なのだ。

136

ソネット

天の炎がおまえの頭上に降りかかるがいい、
悪をなすことを歓びとする不信心の徒よ。
かつては団栗《どんぐり》の実を食らい川水(1)を飲んでいたおまえが
いまは太り富み栄え、人びとを飢えさせている。

おまえ、裏切りの巣窟よ、この世界に広がる諸悪は
すべておまえという巣のなかで生まれたもの。
おまえ、酒《ワイン》と閨房と美食の徒よ、
ありとある欲望の究極の実践の場よ。

おまえの部屋という部屋で、老人と若い女が
体《からだ》をからめて踊(2)っている。真ん中にベルゼブル(3)がいて
鞴《ふいご》で火を起こし、鏡(4)をかかげている。

木陰の柔らかいベッドで育てられたのではなく、
吹きさらしの茨のなかに裸足《はだし》でいたおまえ――
生きるがいい、その悪臭を天までとどかせるがいい！

141

ソネット

たとえば、ときどき暑い陽射しの季節に、
目が光に慣れた愚かな蛾が、甘美な輝きに
魅せられて美しい人の目に飛び込み、
その結果、自分は死に、相手を泣かせるように、

わたしもまた、わが宿命の太陽たる眸《ひとみ》を追って
ひたすら走りつづけ、その眸の美しさに
〈愛〉は理性という手綱を見失い、
分別は強い憧れに打ち負かされる。

彼女の目は、わたしを愛していないと言っている。
きっとわたしは死ぬことになるだろう――
この苦しみに耐えられるとは思えない。

だが、〈愛〉はかくも甘美に目を眩ませるので、わたしは
自分の痛みより彼女の蒙る迷惑(1)を思って悲しむ。
わが魂は盲目《もうもく》となり、自分の死を受け容れる。

148

ソネット

ティチーノ、ポー、ヴァール、アルノ、アディジェ、テーヴェレよ、
ユーフラテス、チグリス、ナイル、ヘルムス、インダス、ガンジスよ、
ドン、ダニューブ、アルペイオス、ガロンヌ、砕ける海よ、
ローヌ、イゼール、ライン、セーヌ、オーブ、ロワール、エブロよ、(1)

蔦《つた》、樅《もみ》、松、山毛欅《ぶな》、杜松《としょう》よ[2]——どの川も樹も
この悲しい心に荒れ狂う火を鎮めてはくれなかった。
いつもわたしと一緒に泣いてくれる水清き小川《せせらぎ》[3]も
わたしの詩が言葉美しく讃えるあの瑞々《みずみず》しい若木[4]さえ。

だが、この地[5]は、〈愛〉の攻撃を受けるわたしの救いだと思う。
わたしは鎧をまとい、生き抜かねばならぬ、
波瀾つづきのこのわが人生を。

かの美しい月桂樹《ラウロ》をここ新緑の川辺で成長させたまえ。
また、それを植えた者[6]に、心地よい木陰で
せせらぎの瀬音に合わせ、高雅な思いを詩に作らせたまえ。

151

ソネット

たとえば漆黒の闇のなかの嵐の海を、港を目ざし
死力を尽くして突き進む船の舵手にもまして
必死に、わたしは一縷の望みも見えぬ暗黒を
激しい憧れに駆り立てられて突き進む。

神の聖なる光もこれ以上に人間を目眩《くら》ませたことがないほど、
あの美しく愛らしくも優しい黒い眸《ひとみ》の
神々しいまでの光線は、わたしの目を眩ませた——
〈愛〉《アモール》(1)がその鋭い金の鏃《やじり》(2)をあの目に浸したからだ。

〈愛〉は盲目ではない——矢筒を背負い、
羞恥心が隠すことを命じる(3)ところ以外は裸で
背中に翼をもつ本物の少年。絵姿ではない。

彼は、世人には見せないものをわたしに見せる。
彼女の美しい眸に、一語、一語、わたしは読みとる(4)——
愛についてわたしの言うこと書くことのすべてを。

159

ソネット

天国のどこから、どんな原型《イデア》から
〈自然の女神〉(1)はその型を見つけ
あの女《ひと》のあの優美きわまりない顔を造り
天上的な力をこの地上に示したのだろう？

どこの泉の妖精が、どこの森の女神が、
あんなにも美しい金髪を微風《ラウラ》(2)になびかせたことがあろう？
ひとりの心にあんなにも多くの美質が集まって
わたしの死をもたらすとは、一体どういうことだ？

あの眸《ひとみ》を近くで覗いたこともなく、
あの目がどんなに優雅に動くかを見たこともなくて、
聖なる美を求めることの、なんという空しさ。

彼女の息の香《かぐわ》しさ、声の美しさ、
あの微笑《ほほえみ》の可憐さを知らぬ者に、〈愛〉が
人を殺《あや》めもし癒しもすることなど分かりはしない。

165

ソネット

瑞々しい緑の草を踏み分け、純白の足が
楚々として優雅な歩みをはじめると、
気品のある足裏から発する力が
まわりの花を開かせ、あるいは蘇《よみがえ》らせる。(一)

やさしい心の持ち主[2]のみを罠[3]にかけ
他《ほか》ではその力を揮おうとせぬ〈愛《アモール》〉が
わたしの目に熱い喜びの雨[4]を降らせる——
これ以外の幸福、これ以上の罠をわたしは望まぬ。

彼女の歩みも、優しい眼差しも、どちらも
この上なく美しい彼女の言葉に似つかわしい。
しっとりと謙虚で鷹揚な身のこなしも。

その四つの火花[5]と、その他の美質の火花から生まれる
大きな炎、わたしの生命《いのち》と情熱の糧だ——
いま、わたしは昼間の光に目眩《くら》めく夜の鳥。

189

ソネット

忘却(1)という荷を満載したわたしの船が
真冬の夜の闇のなか、カリュブディスの渦と
スキュラの岩棚(2)のあいだの荒れた海を行く。
わたしの主人、いや仇敵(3)が、舳先で舵をとる。

嵐とそれがもたらすものに挑むように、
勢いよく櫂を漕ぐごとに横切る狂気の思い。
だが、果てしなくつづく溜め息に濡れた風で
希望と憧れの帆は引き裂かれる。

降り注ぐ涙雨と侮蔑(4)の霧にぬれて
過誤を紡ぎ無知と撚り合わせた索具は
ついに疲れきって解《ほど》けてしまう。

わたしの目ざす二つの目標(5)は見失われ、
頭のはたらきも手の動きも波に呑まれ、
わたしが港に入る望みはもはや絶無だ。

190

ソネット

真っ白い牝鹿[1]が、黄金の角をかざして
緑の草地をわたしの方に向かって来た——
二つの小川のあいだの月桂樹の木陰、
緑の季節もまだ浅いある朝、払暁のことだ。

鹿の姿はこよなく美しく品位があり
わたしは仕事を投げ出してあとを追った、
まるで新しい財を追う守銭奴が
苦労もいとわず夢中になるように。

鹿の美しい首の回りには「われに触れるな」の文字が
ダイアモンドとトパーズを連ねて書かれていた、
「われを放てるはカエサルなればなり(2)」。

天空を過《よぎ》る太陽が旅程の半ばに達するころ
わたしの目はまだ満ち足りないまま疲れてしまい、
わたしは水に落ち(3)、鹿は姿を消した。

199

ソネット

なんと美しい手、わたしの心をしっかと掴み
その小さな空間にわたしの全生命を閉じ込めている。
〈自然[1]〉と〈天〉があらん限りの技と熱意をこめて
造り上げた万人讃美の手――

遠い東洋の色した五つの真珠(2)は
わたしには冷たくて容赦なく残酷。
華奢《きゃしゃ》な美しい五本の指は、いま、裸の姿(3)——
〈愛〉がわたしに見せてくれるこの喜び。

磨かれた象牙と瑞々しい薔薇(4)を
いつもは隠しているこの純白で愛らしい手袋——
こんな優雅な脱け殻を見た者がいるだろうか？
せめて彼女の美しいヴェール(5)を手に入れたいもの！
おお、人間はなんと道ならぬことを考えることか！
それは窃盗というもの、返さねばなるまい。

211

ソネット

〈強い憧れ〉に駆られ、〈愛〉に導かれ、
〈喜び〉に曳かれ、〈習慣〉に乗せられ、
〈希望〉に唆《そそのか》され励まされ、そんな
わたしの疲れた心に、〈愛《アモール》〉は右手を差し出す。

あわれ心は、その導きの手がどんなに盲目、
不実になるかなど考えもせず、その手をとる。
いま、感覚の力は強く、理性は死んだも同然――
うれしい憧れから、さらなる憧れが生まれる。

美しい小枝(1)の美徳、純潔、美貌、
優雅な挙措、清澄な言葉に魅惑され、
わたしの心は優しく絡《から》めとられてしまった。

一三二七年のことだった。その年の四月六日(2)、
朝、わたしは迷路(3)に迷い込み、
いまだに出口が見つからないのだ。

235

ソネット

ああ、〈愛《アモール》〉に連れられてきたここは、自分の
望まぬところ。道を外れたところ、とわかっている。
わたしの心の王座に君主として坐る女《ひと》は
わたしに対してかつてなかったほど迷惑顔。

貴重な商品を山と積んだ船を、危険な
岩礁から守る聡明な舵手にも劣らず、
わたしは自分の小舟を、誇り高い彼女の
厳しい視線の打撃から、必死に守ってきた。

だが、いつ止むとも知れぬ涙の雨と溜め息の
残酷な嵐が、いま勢いを強め、わたしの心は
恐ろしい冬の夜の荒海に漂《ただよ》う。

彼女はいっそう迷惑し、わたしは苦しみと
痛みに襲われ、小舟は荒波に揉まれ、
帆柱も舵も、ついに奪われてしまった。

248

ソネット

〈自然〉と〈天〉[1]が人間界に与え得る最善の美、
それを見たい者はこの女《ひと》を見に来るがいい。
彼女は比類なき太陽——わたしの目にとってだけではない、
美徳に疎《うと》い暗愚の世界にとっても彼女は太陽。

来なさい、いそいで。〈死神〉は凡庸な人間を残して
卓越した人物を真っ先に攫《さら》っていく。
天の神々はこの女《ひと》の到来を待っている、
美しい人はいつまでもこの世にとどまりはしない。

ここに来る者は、もし間に合えば見られるだろう、
すべての徳性、すべての美しさ、最高の女性的威厳が
一身に備わって、見事に調和しているさまを。

彼は言うだろう――これほどの輝きの前では
わたしの才能は光を失い、わたしの詩は声を失う、と。(2)
ともあれ、躊躇《ためら》っていると、永遠に涙することになるだろう。(3)

第II部

死せるラウラに捧げる

264

カンツォーネ

もの思いに沈んでいると
自分が限りなく哀れと思えてきて、
わたしはしばしば涙を流し
あのころ[1]とは別の悲しみ[2]に泣く。
一日また一日と終わりが近づくのを感じ、

千回も神に向かって、われわれの知性が
この地上の獄舎(3)から天上へと飛翔できるような、
そんな翼を与えたまえと祈る。
だが、いまのところ、なんの沙汰もない、
わたしがどんなに哀願し、溜め息し、涙しても。
それなりの訳があるのだ——
まともに歩ける男がもし道端で転ぶとすれば
男には地面に倒れる理由があるのだ。
慈悲の心で拡げられたあの両の腕《かいな》は(4)
わたしに対していまも開かれていると信じるが、
先人たち(5)の末期を思うと
わたしの心は恐怖に戦《おのの》く——
彼らに急《せ》かされ、もう瀬戸際かもしれぬ。

一つの思いが心に浮かび、(6)こう告げる——
「いまも恋い焦がれているのか？　かなわぬことと思わぬのか？
可哀相に、まだわからぬのか、
恥ずべきことに時を費やしているのが？

いまこそ賢明な決断をすべきとき。決心するのだ、
幸福をもたらすはずもなく、無事生きつづける見込みも
与えてくれぬ糠《ぬか》喜びの根を、さあ、
おまえの心から引き抜いてしまうのだ。
儚《はかな》い幸せの望みは、欺瞞の世の贈り物。
おまえは愚かにも長いあいだ欺かれ
懲《こ》り果てているはずなのに、
まだそんなものに未練があるのか、
静穏も安定も得られないのに。
おまえの肉体に生命《いのち》のあるあいだは
すべての思念の手綱はおまえの手中にある。
いまこそ手綱を引き締めるがいい、
手遅れになったときの危険は言うを俟たぬ。
いまはじめて早過ぎはしないのだ。

おまえは自分でよく知っている、彼女の美しい容姿を見て
おまえの目がどんなに大きな喜びを味わったか——
彼女がもっと遅くこの世に生を享けていたら、われわれ(7)は

もっと大きな平安を得られたろうに、とわたしは思う。
おまえはよもや忘れはしまい、忘れてはならぬ、
彼女の姿が真っ直ぐおまえの心に、
ほかの松明の炎がおそらく入ることのできない
心の奥に、突き入ったときのことを。
おまえの心を燃え立たせたのはあの女《ひと》。
もしその炎が幾年も燃えつづけた末に
救いの日が来るなどと思うなら大きな間違い。
いまこそ、もっと祝福された希望の高みに
自分を引き上げるのだ——身のまわりを回転する
美しい不滅の天空を見つめることで。
もし、いま仮に自分の不幸への憧れ[8]が
あの眼差し[9]、あの話しぶり、あの声で
癒やされるとしても、その喜びにもまして
天上の喜びは遥かに大きいのだ。」

さらにまた別の甘く苦い思い[10]があり、
それが辛《つら》くて快い重荷となって

わたしの魂のなかに居座っていて、
強い憧れで心を満たし、希望を養いとしている。
それは、ひたすら輝かしい名声を求めて
わたしが凍えるときも燃えるときも(11)、
青ざめても痩せても動じることなく、
圧し殺しても、いっそう強くなって生き返る。
これ(12)は、わたしが幼子《おさなご》の頃から
日々わたしとともに成長してきたので
墓に入るときもわたしたちは一つだと思う——
わたしの魂が肉体を離れるときには
栄光に対するこの欲求は一緒には行けないが、
わたしが死んだあと、たとえラテン詩人、ギリシア詩人(13)が
わたしを讃えてくれるとしても、空しいこと。
わたしがいつも大切にしているものは、
すぐに塵芥《ちりあくた》となってしまうもの——そう考えると、
いまは真実(14)をかき抱き、虚偽は棄てたいと思う。
そう思ったとき、あのもう一つの強い情熱(15)が

まわりに生まれた情熱をすべて押し潰すかに思えた。
とこうするうちに時は過ぎ、わたしは
自分のことは忘れ、あの女《ひと》のために筆を執っていた。
清純な温もりで暖かく心を溶かす
あの二つの美しい目の輝きが
わたしに馬銜《はみ》をはませ、
知恵も力も抗《あらが》うことができなかった。
というわけで、わたしの舟が岩礁に掴まえられ
あの二つの絆[16]でまだしっかり縛られたままでいるいま、
舟に油を塗って[17]なんの役に立とう？
これまで現世のさまざまな束縛から[18]
わたしを解放してくれた主よ、
どうしてあなたはわたしの顔から
この恥をきっぱり拭ってくれないのですか？
わたしとしては、夢のなかで〈死神〉が
目の前に立っているのを見る思いで、
必死に戦いたいのですが、武器がないのです。

わたしは自分のことは分かっている、真実を
見損なって、思いちがいをしているわけではない。むしろ、
あまりに深く〈愛〉を信じる人に名声への道を閉ざす、
そんな〈愛〉に縛られているのです。
わたしはときどき、美徳の心に発する厳しい侮蔑が
頭をもたげるのを感じる——その侮蔑は
心の奥に隠された思いを顔の真ん中に引っ張り出して
人びとの目に見えるようにする。
聖なる神にのみ捧げらるべき深い信心の心で
神ならぬ人間を愛することは、真に尊いものを
求めるならば、相応しいことではない。
その思いが、五感に惑わされて正道を逸れてしまった
わたしの理性を、大声で呼びもどそうとする。
その声を聞いて理性は引き返そうとするのだが、
これまでの習慣によってさらに大きく逸脱し、
目の前に浮かぶのはあの女《ひと》の姿——
わたしの心と彼女自身の心を奪ったあの美貌のために
わたしがいま死にたいと願うあの女《ひと》の姿だ。

わたしがこの地上に生を享けたとき、
自分自身を敵にまわしてのこの厳しい戦い[19]に耐えようと
〈天〉がわたしに与えた寿命が
どれほどの長さのものなのか、わたしは知らないし、
また、自分が生を閉じる日がいつ来るか
肉体の覆いを透して予見することも、わたしにはできない――
ただ、自分の頭髪が白くなったのがわかる、
この身の内の欲望がすべて衰えたのも。
旅立ちの日が近づいている、
遠い先のことではない。
それをひしひしと感じるいま、わたしは思い出す、
喪失によって慎重かつ聡明になった男として、
善の港に向かう正しい航路を外れたときのことを。
わたしは一方では恥ずかしさと悲しみに
胸が張り裂ける思いだが、もう一方では
時とともにかくも強くなった喜び[20]――
〈死〉と取引しようとさえ思うほどの強い喜び――に

捕らえられたままなのだ。

わが歌《カンツオーネ》よ、わたしのいまの生き様《ざま》は、
心は不安で、氷に変じた雪よりも冷たく、
生命《いのち》の最期が近いのを感じている。
思えば、短い生命の糸の大半は
すでに巻きとられてしまったわけだが、
いまこの身に負っている荷は
これまで耐えたためしのない重いもの。
〈死〉を間近にして
なおも生きる助言を求めながら、
善に向かう道を知りつつ別の道を棄てきれないのだ。

267

ソネット

ああ、あの美しい顔、あの優しい眼差し、
ああ、あの優美な、誇り高き身のこなし、
ああ、あの言葉遣い、粗野で高慢な心を和ませ
臆する心に活気を与える話しぶり。

そして、ああ、悲しむべし、まさにあの甘美な微笑《ほほえ》みから
致命的な矢は来た(1)のだ。いまは死こそ唯一の望み！
高貴な魂、もしこんなにも遅れて来たのでなければ(2)
玉座に即くにふさわしいと言いたいあの魂。

わたしが燃えるのはきみのため。溜め息するのもまた。
わたしはきみだけのものだから。きみを奪われたら
どんな苦しみにもまさる苦痛を味わうことだろう。

かつてわたしは、希望と憧れに満たされていた――
最高の喜び(3)がまだ生きていたころのこと。
いま、あのときの言葉はすべて消え去った、風とともに。

272

ソネット

生命《いのち》の流れは絶えずして、ひと時もとどまらず、
〈死〉は確かな足どりで生命を追う。
いまあるものと過ぎ去ったもの、そして
未来のものまでもが、わたしに挑みかかる。

記憶と予感が前と後ろから、わたしの心に
重くのしかかる。ほんとうに
この身を哀れと思わなければ、こんな思い、
とっくに断ち切っているところだ。(1)

悲しみのなかで感じた幾許《いくばく》かの喜びが
いま、もどってくる。だが、反対側から
惑乱の風がわたしの帆に吹きつける。

港も嵐だ、わたしの小舟の舵取り(2)は
はや疲れ果て、帆柱は折れ、索具は切れ、
いつも見つめたあの美しい二つ星(3)も見えなくなった。

298

ソネット

いま静かにふり返る幾星霜(1)——
さまざまな思いを書き散らし
凍《こご》えつつ燃える火をかき消して
苦悩に満ちた安息を終わらせ、

愛の与える幻想の信じがたきを発《あば》き、
わたしのもつ善きものすべてを二分して
半ばは〈天〉に、半ばはこの地上にゆだね、
わたしの苦悩の報い(2)を奪った幾星霜——それを思うと、

わたしははっとわれに帰り、どんな不運にもまさる
大きな悲運に曝《さら》されていると感じ、
恐れと苦しみに、全身が強《こわ》ばる。

ああ、わたしの〈星〉よ、〈運命〉よ、〈宿命〉よ、〈死〉よ、
いつもわたしに優しく残酷なあの〈日〉(3)よ、きみたちは
わたしをなんという悲惨の淵につき落としてくれたことか(4)。

299

ソネット

ほんのわずかの動きで、この心臓を大きく
右に左に揺り動かしたあの柳眉は、いまどこに[1]?
わたしの存在に光を注いでくれたあの
美しい二つの星と睫毛は、いまどこに?

あの才能と知識と深い思慮、
あの慎重にして誠実、謙虚、優雅な話しぶりは、
あの一身に集まった美質の数々は、いまどこに？
長いあいだ、わたしの希求するすべてだったのだが。

わたしの疲れた魂にそよ風と休息を与え、
わたしの思いの一つ一つが記された[2]
あの優雅端麗な容姿の輝きは、いまどこに？

わたしの生命《いのち》をその手に握っていたあの女《ひと》は、いまどこに？
この惨めな世界——いつ乾くとも知れぬわが両の目は
在りし日のあの女《ひと》を思い、嘆きは果てぬ！

310

ソネット

西風《ゼフロス》(1)がもどってきた——青空と
若草と花たちの美しい一族を伴って。
ピロメラの鳴き声とプロクネの歌声(2)も一緒だ。
純白とヴァーミリオンの 春《プリマヴェラ》 の世界。

牧場は微笑み、空には雲一つなく、
ユピテルの星[3]は娘の金星《ウエヌス》をうれし気に見つめる。
大地も海も空も愛に満ち、
生きとし生けるものみな愛にときめく。

だが、ああ、わたしの心に回帰するのは溜め息ばかり。
われらの鍵[4]を携えて〈天〉に昇ってしまった女《ひと》のために
心の底から湧き出る深い溜め息。

鳥の歌声も、花咲き乱れる野原も、
花摘む乙女たちの高貴で優雅な身のこなしも、
いまのわたしには砂漠、残酷な野蛮でしかない。

311

ソネット

いま、ナイチンゲールが美しい声で嘆いているのは
たぶん自分の子どもたちのこと、愛《いと》しい妻のこと。
かわいい声でうたう哀調帯びた歌声が
空と田園一帯にひびきわたる。

あの鳥は、夜を徹してわたしと一緒にいて
わたしの過酷な運命を思い出させているのか。
女神のような女性を〈死〉が連れ去ることなどないと
思いこむとは、われながらひどい間違いだった。

信じる者はなんと騙されやすいことか！
太陽にもまして美しく輝くあの二つの眸が消えて
大地がこんなにも暗くなるとは、だれが思ったろう！

いまにして知る――このむごい運命は
涙のうちに生きるわたしに教えている、
地上の歓びはなにひとつ永続しない、と。

319

ソネット

一日一日は野の鹿よりも素早く跳び去り、
幸せという幸せは影のように瞬時に消え去る。
苦くて甘い喜びが心に残るような
そんな静かな時間は数えるほどしかない。

ああ、無常と驕慢に満ちた惨めな世界よ、
おまえに希望を見出そうとする者は目のない者。
いま、わたしの心はおまえから遠く離れ、
その肉も骨もすでに塵に帰した人(1)のもの。

だが、彼女の最善の形(2)はいまも生きつづけ、
天国の高みで永遠に生きつづけ、わたしは
以前にもまして彼女の美しさに恋い焦がれている。

わたしはいま額に霜をいただき、ひたすら思う——
きょうあの女《ひと》はどんな姿、住まいはどんなところ、
あの美しいヴェール(3)を見たらどんなに心躍ることか、と。

323

カンツォーネ

ある日のこと、ひとり窓辺にいると
ただ見ているだけで疲れ果ててしまうほど
見慣れぬ出来事がつぎつぎと目に入った。
右手から現れた一頭の獣《けもの》(1)は、ユピテルを
愛で燃え上がらせるほど(2)美しい人間の顔をもち

黒と白の二匹の猟犬(3)に追われていた。
犬たちはその高貴な獣の両の脇腹に
鋭い歯で深く噛みつき
ほどなく美しい獣は隘路に追い込まれ
石(4)の下に閉じ込められて、
さすがの希有《けう》の美貌も時ならぬ死に見舞われ(5)
彼女の悲運を目にしてわたしは深く溜め息をついた。

つぎに、わたしは海を帆走る船を見た――
索具は絹、帆は金糸《きんし》で織った布、
船体は象牙と黒檀《エボニー》で造られていた。
海は凪ぎ、そよ風がやさしく吹き、
空は青く晴れて雲一つなく、
船には貴重な荷、高価な品々が積まれていた。
そのとき、突然、東方からの嵐が
海と大気を震撼させ
船は激しく岩に叩きつけられた。
ああ、なんと痛ましいこと――

くらべものなき高価な船荷は瞬時に四散し
波間に姿を消した[6]！

みずみずしい緑の林のなか、
まるで楽園《パラダイス》に生えたもののような
すらりと伸びた月桂樹《ラウロ》とその若枝の花。
木陰から聞こえる小鳥たちの美しい歌声など
喜びあふれる多くのものにすっかり心奪われ、
わたしは現実世界から引き離されてしまった。
そして、美しい樹を見つめていると
一天にわかにかき曇り、突然
稲妻が走って、落雷。
美しい喜びの樹[7]は根元から引き裂かれ、
いま、わたしの命は悲嘆そのもの——
あのような美しい姿はとり戻せるものではない。

同じ森のなか、きらきらと輝く泉が
岩間から湧き出し、優しい清水が

さらさらと呟《つぶや》きながら流れていた。
巷《ちまた》を離れたそんな美しい木陰には
羊飼いも牛飼いも近づかず、訪れるのはただ
水音に合わせて歌うミューズや妖精たちだけだった。
そこにわたしは腰をおろし、そんな快い響きと
爽やかな眺めから、さらなる喜びを味わっていると、
突然、地面が裂け、
そこに泉が、その辺りもろとも
呑み込まれてしまった。いまもわたしは心が痛む。
あれを思い出すと平静ではいられない。

森のなかで、珍しくも不死鳥が、
両の翼は緋色、頭は黄金《こがね》色に輝き
独り毅然として立つ姿を、わたしは見た。
最初わたしは、それを神聖、不死のものと思ったが、
やがてそれは落雷で引き裂かれた月桂樹にきて
それから大地に呑み込まれた泉のところにきた。
すべてのものが終末へと急いでいた。

木の葉はことごとく落ちて地を覆い、
幹は裂け、川は流れることをやめて、
不死鳥は自嘲するかのように嘴を自分に向けると
そのまま姿を消した[8]——
憐愍と愛がわたしの心を熱くした。

最後にわたしが見たのは、[9]もの思いに沈みつつ
草花を踏み分けて歩く見目《みめ》麗しく淑やかな女《ひと》——
いま思っても心が燃え上がる——
自分自身には謙虚で〈愛《アモール》〉には毅然として靡《なび》かぬ人。
彼女がまとう純白の衣は
雪と黄金で織り成されたもののようだった。
だが、衣の上の貴い顔は
暗い霧に包まれていた。
やがて彼女は小さな蛇に踵を咬まれ、
摘み取られた花が萎れるように
姿を消した、なんの不安もなく楽し気に。
ああ、この世界で須臾《しゆゆ》のうちに過ぎぬものは涙だけ。

わが息子《カンツオーネ》よ、行って世に告げるがいい——
「(10)父はこれら六つの幻影《ヴイジョン》を見て
美しい死を願う思いにとりつかれたのです」と。

333

ソネット

行け、わが悲しみの歌《ソネット》よ、わたしの大切な宝を
地中に秘めているあの固い石⁽¹⁾のところに。
そこであの女《ひと》の名をよぶのだ。彼女の身体《からだ》⁽²⁾は暗い地中に
葬《ほうむ》られているけれど、応えは〈天〉からとどくだろう。

彼女に伝えてくれ、わたしは生きることに倦み疲れ
恐怖と悲惨に満ちた現世の海を渡ることに疲れ果てたが、
でも、いまも彼女を讃える詩篇を集め、彼女のあとを追って
こんな風に一歩また一歩と歩んでいる、と。

歌うはあの女《ひと》のことばかり、彼女の生死にかかわりなく、
生前の彼女と永遠の存在となった彼女のこと――
世界があの女《ひと》をもっと知り、もっと愛するように。

願わくは、彼女がわたしの旅立ちの日を気にとめて
（その日は遠くはない）わたしを出迎えてほしい、
〈天国〉の彼女のいるところに、わたしを呼び寄せてほしい。

346

ソネット

選ばれた天使たち、〈天国〉の住民たちのうち
神に祝福された魂たちが、わたしが心から敬愛する女性の
昇天の最初の日に、彼女のまわりに集まった——
みんなそれぞれに驚異と尊敬の念に満ちて。

「まあ、なんという輝き、稀に見る美しさ」と彼らは互いに囁きあった、「こんな見目麗《うるわ》しい霊魂があの過誤に満ちた世界からこの天の住まいに昇ってくるなんて、久しくなかったこと」。

わたしが心から敬愛する女《ひと》は、最高に完璧な霊魂に劣らず完璧で、住まいを変えたことを喜びつつ、ときどき頭《こうべ》をめぐらして後ろを振り返り、

ついて来るかしら、と、わたしを待ってくれている様子。わたしの思いと願いはことごとく〈天〉に向かい、いそいでね、という彼女の声さえこの耳に聞こえるようだ。

353

ソネット

おお、可愛い小鳥よ。過ぎ去った歳月を嘆く
悲しい歌をしきりにうたっている。
楽しい春、夏、秋は急ぎ足で去り、
いま、冬と夜がぼくたちとともにいる。

小鳥よ、きみが悩みや苦しみを知っているなら
同じようなぼくの苦悩をわかってくれるよね。
この失意の男の胸に飛び込んで
深い悲しみを分かち合ってくれるよね。

だが、ぼくたちの悲しみがまったく同じだとは言えない。
きみが涙している相手の女性は、まだ生きているのかも。
でも、ぼくに対しては〈死〉と〈天〉が厳しい[1]のだ。

ともあれ、いま、弱い陽射しの季節と暗い時間が
甘く苦《にが》かった幾星霜[2]の記憶と重なって、
ぼくの哀れな境遇をきみと語り合うよう促すのだ。

365

ソネット

低俗ならざる範を残すべきであったのに、
高きを目ざして昇ろうとはしないで
生命《いのち》限られたものへの愛に費した
多くの歳月——それを嘆きつつわたしは歩む。

わたしの恥ずべき過誤をすべてお見透しのお方、
〈天国の王〉よ、目には見えぬ不滅永劫の存在よ、
この脆く果敢《はか》ない魂を救いたまえ。
この空しさを、恩寵で満たしたまえ、

かつては嵐のなか、戦《いくさ》のなかに生きたこの身が
静かな港で安らかに身罷《まか》れるように。わたしの滞在[1]が
空しいものだったとしても、せめて旅立ち[2]はまともなものにさせたまえ。

わたしに残されたわずかの命に、また、
臨終のわたしに、祝福を与えたまえ——
いま、それよりほかに希望はないのです。

366

カンツォーネ

陽光をまとい、綺羅星かがやく冠を戴く
いとも美しき処女《おとめ》よ、(1) 至上の太陽は、(2) かつて
その光をあなたのなかにお隠しになった。(3)
いま、愛の心に駆られ、あなたに詩を捧げたいのですが、
あなたのお力と、またあなたのなかに宿りたまいしお方の

お力をかりないでは、はじめられないのです。
信仰の心をもって祈る者に常に応えたまうお方(4)に
いま、わたしはお願いしたいのです。
処女《おとめ》よ、たとえこれまであなたが希有《けう》の悲惨にも
絶えて慈悲を垂れたまいしことがなかったとしても、
いま、なにとぞわが願いに耳傾け、
わが心のなかの戦いに、力をかしたまえ、
われは塵、あなたは〈天国〉の女王にましませど。

いとも賢き処女《おとめ》よ、祝福された思慮深き
すべての美しき処女《おとめ》ら(5)のお一人——むしろ
処女《おとめ》らの最高の方、最も輝かしき光を帯びた方。
おお、堅固なる楯——苦難に見舞われたすべての者を
〈死〉と〈運命〉の打撃から守ってくださるお方。守られた
者たちは、まるで勝者のように明るく元気になる。
おお、この世の愚かな人間ども(6)のなかで
荒れ狂っている盲目の情念(7)を静める癒やしの風。
処女《おとめ》よ、愛しいわが子(8)の手と足の

痛々しい傷を見て深い悲しみに打たれたまいし
あの美しい両の目を(9)、いま、不安に包まれて
生きるこのわたしに向けたまえ、
あなたの助力を得ようと不遜(10)にもまかり出たこのわたしに。

まこと純潔にして、すべてにおいて完璧な処女《おとめ》(11)よ、
あなたの息子の母にして優しい娘(12)なるお方、
この世の生命《いのち》を輝かせ、来世の生命を飾りたもうお方よ。
あなたの〈息子〉、至高の〈父〉の〈息子〉は、あなたを通して
（おお、〈天空〉の輝かしき高窓(13)であるお方よ）
この世の最後の日々に、われらを救いに降《くだ》りたまい、
そして、地上のすべての宿のうちで、あなたをこそ
〈彼〉は選ばれた——ただあなただけを。
いとも祝福されし聖なる処女《おとめ》よ、
あなたはイヴの涙を喜びに変えられたが(14)、いま、わたしを
あなたのお力で、その恵み(15)に値するものになしたまえ。
おお、限りなく祝福され(16)、
すでに天の王国で冠を戴くお方よ。

いとも聖なる、恩寵に満ちた処女《おとめ》(17)よ、
あなたは、その真実にしていと高き謙虚を通じ
〈天国〉に昇り、いま、わたしの祈りを聞きたもう。
あなたは、闇深く過誤に満ちたこの世界を
あまねく照らす正義の〈太陽〉と、そして
憐愍の〈泉〉を、世にもたらしたもうた。
あなたは、三つの美しき愛《いと》しき名をおもちになった——
母と娘と花嫁と。

いとも栄光に満ちた聖母よ、
われらを束縛《いましめ》から解き放ち、この世を
自由で幸せな地になしたまいし〈王〉の花嫁よ。
かのお方の聖なる傷痕にかけて、わたしは祈ります、
心の平安を与えたまえ、真実《まこと》の幸せを。

この世界で唯一の、比類なき処女《おとめ》(18)よ、
天国を恋に陥らせるあなたの美しさに
勝る者はなく、比肩する者もいない。

あなたの聖《きよ》らかな思いと貞潔な行いは、
真実の〈神〉のために、豊潤な処女性の
神聖にして生きた神殿を用意したもうた。
あなたを通じて、喜びとはなにかをわたしは知るのです。
あなたへの祈りを通じれば、おお、マリアさま[19]
いとも美しく信仰あつき処女《おとめ》よ、
かつて罪の栄えしところに恩寵は満ちることでしょう。
そこで、わたしは心の膝を折って[20]祈ります——
わたしの導きとなって、善き地に向かえるよう
どうか、歪んだ道を正してください。

永遠の存在たる処女《おとめ》よ、われらをとり囲むこの嵐の海の
はるか高くに輝くゆるぎなき明星[21]よ、
すべての誠実なる舵手[22]が信じる導き手よ、
思いみたまえ、舵とる先人もいないたった独りの
わたしにとって、この荒れ狂う嵐の海の恐ろしさを。
いまにも最後の叫びとともに溺れ死にそうです。
それでもわたしは魂をあなたに委《ゆだ》ね、

疑いもなく罪深いことではありましょうが[23]、
処女《おとめ》よ、お願いします、
あなたの敵[24]がわが罪を嘲笑《あざわら》うことのないように。
思い起こしたまえ、〈神〉はわれらの救いのため
われらの罪を負いたまいしことを[25]——
あなたの処女《おとめ》の僧院[26]で受肉[27]されて。

処女《おとめ》よ、なんと多くの涙をわたしは流したことか[28]、
なんと多くの美辞麗句や祈りをむだに称《とな》えたことか。
苦しみを増し、失うものを大きくしただけだった！
アルノ川のほとりに生を享けて以来、
ここかしこ寄る辺なく放浪を重ね
わが生涯が味わったのは苦しみばかり。
一人の人間の美しい容姿と行為と言葉が[29]
わが魂に重くのしかかるのです。
心寛《ひろ》く聖なる処女《おとめ》よ、
猶予はならないのです、これがわたしの最後の年かも。
わたしの日々は、矢よりも速く

悲惨と罪を抜けて飛び去り、
わたしを待つのはいまや〈死〉ばかり[30]なのです。

かの処女《おとめ》[31]よ、彼女はいまは塵、生きていたあいだは
わたしの心を悲しんで涙してくれましたが
わたしの千もの苦しみは一つとして知りません。[32]
知ったとしても、起こったことに変わりはなかったでしょう
——もし彼女が別の望み[33]をもったとしたら
結果はわたしの死と彼女の不名誉[34]となったことでしょう。
さて、いま、〈天国の女王〉[35]、われらの女神よ
（こんな呼び方をしていいでしょうか）、
いと高き叡智の処女《おとめ》[36]よ、
あなたはすべてを見透し、他の者にはできなかったことも
あなたの偉大なお力をもってすれば容易《たやす》いこと。
どうか、わが苦しみを終わらせて、
あなたには名誉を、わたしには救いを、与えたまえ。

わが希望のすべてを託す処女《おとめ》よ、いま

この苦難から、力も情もあるあなたに、お助けいただきたい。
この最後の危機[37]に、どうかわたしを見棄てないで——
わたしのためでなく、わたしを人となしたまいし方のために。
わたし自身のためではなく、わたしをその姿に似せて造られた方[38]のために、
かくも卑しき者にも目をとめたまわんことを。
メドゥーサとわが罪が、わたしを
無用の雫を流す石に変えてしまったのです[39]。
処女《おとめ》よ、わたしの疲れ果てた心に
後悔の聖《きよ》い涙をあふれさせたまえ。
せめてわたしの最後の涙を、はじめのころの
狂気の願い[40]とは遠く、信仰に満ちたもの、
塵の穢れ[41]なきものたらしめたまえ。

いとも心優しき[42]処女《おとめ》よ、高慢[43]の敵よ[44]、
われらが共に始源とする愛[45]によって、
悔い改めた謙虚なこの心に憐れみを垂れたまえ。
もし生命《いのち》限られた塵の一握り[46]にさえ
あんなにも深い信仰をもって愛を注ぎ得たとすれば、

あなたのような高貴な方にはなんと深い愛を捧げられることでしょう？
もしわたしが、この卑しく惨めな境遇から
あなたに手をとられて立ち上がれば、
清らかな聖処女よ、わたしはあなたの名において
わたしの思惟と才知と身の嗜《たしな》みと、言葉と
心、そして涙と溜め息のすべてを捧げます。
どうかわたしを最良の渡し場(47)に導き、
わたしの新たな願い(48)を優しくお聞きとどけください。

その日は遠くはないのです(49)。
光陰矢のごとし、と申します。
処女《おとめ》よ、類《たぐ》いなき、ただひとりの処女《おとめ》よ、
いま、死と良心が、こもごもわが心を射貫きます。
あなたの息子、真実の人にして
神の真理であるお方(50)に、執りなしたまえ、
わが末期の息が平安のうちに受けとられますように(51)。

――ペトラルカ恋愛詩選　終わり

訳注

第Ⅰ部

1　ソネット

＊　冒頭のソネットで、詩人は以下が愛の詩集であることを読者に告げる。

（1）　**ソネット**　ソネット 'sonnet' とはイタリア語の 'suonare'「ひびく」に由来する語で、もともと楽器の伴奏に合わせてうたう歌を意味する。一篇のソネットは一四の詩行からなり、この一四行は前半八行のオクテイヴとよばれる部分と、後半六行のセステットとよばれる部分から成り立っている。詩行の長さは一行一〇音節（ときに一二音節）で、一四行は一定の脚韻形式に従う。脚韻形式は、ペトラルカでは、ふつうオクテイヴが abba abba（少数の例外もある）、セステットは cde cde（あるいは cdc dcd）である。これをイタリア型、あるいはペトラルカ型とよぶ。

2　**ソネット**

＊　詩人は、これまで幾度もクピードの愛の矢を斥《しりぞ》け、彼に「千もの侮辱」を与えてきたが、いま、ラウラに逢って、ついに〈愛〉の矢に胸を射貫かれた。

（1）〈愛〉（あるいは〈愛神〉）クピードは、弓と矢を携え、若者の心を射て恋に陥らせる。オウィディウス『変身物語』巻一、および本書巻末の〈断章〉一八九～一九〇ページ参照。

（2）**力**　原語はvirtute。精神的な力、理性の力を意味する。

（3）**険しい山**　誘惑に陥ることを避ける理性、道徳的判断力。

3　**ソネット**

（1）**その日は〈造り主〉の……青ざめていた**　「その日」とは四月六日、キリスト磔刑の記念日。「211ソネット」で詩人は、一三二七年四月六日、はじめてラウラに出逢ったと述べている。『凱旋』「死の凱旋」Ⅰ章一三三～一三四行目、およびウェルギリウス作品集へのペトラルカの書き込みでは、ラウラの死は同じ四月六日、ただし一三四八年のことだったという。

（2）**きみの視線に射貫かれて**　クピードの矢を心臓に受けたことをイメージしている。「151ソネット」参照。

5　**ソネット**

＊　この詩は'Laura'のラテン語形'Laureta'に、ラウラへの讃美を見つけようとしている。

（1）**〈愛〉が……刻んだ名**　'Laureta'という名。

（2）**高邁な仕事**　ラウラを讃美するという仕事。

（3）　**'TA-ci'**　ラテン語 'tacite' は、だまって、静かに、の意。

（4）　**アポロンの神**　河神ペネイオスの娘ダフネは、太陽神アポロンの求愛の手を逃れ、父なる神ペネイオスの流れのほとりで月桂樹に変身した。オウィディウス『変身物語』巻一。本書巻末の〈断章〉一八九〜一九〇ページ参照。

（5）　**永遠に緑の枝**　月桂樹（laurel）。ラテン語の laurus は laudare（賞讃する）から派生したと信じられていた。月桂冠は皇帝と詩人が頭に戴く冠と考えられていた。

11　**バッラータ**

（1）　**バッラータ**　もともとは舞踏に合わせてうたう歌。十四〜十五世紀に広く行われた。第一節は、歌い手と踊り手が一緒に歌うリフレイン。第二節は歌い手だけが歌う。

（2）　**ヴェール**　神学的には、堕落後の自然、あるいは（霊魂を覆う）肉体、を表す。ペトラルカでは、「52 マドリガーレ」でも、真実を隠し、また顕すものとして、ヴェールのイメージが用いられている。

（3）　**きみが知って**　乙女は詩人の眼差しに愛の感情を読みとったのである。

（4）　**魅惑の光をかくす**　乙女の真実の美しさは、詩人の愛の思いと同じように、「秘かに」隠される。

16　**ソネット**

＊　この詩は詩人が一三三六〜三七年にローマへ出向いた時の作かもしれない。

（1）　**ローマ**　老人は、ローマのサン・ピエトロ大聖堂に納められた聖顔布（ヴェロニカ）参拝のため旅に出たのである。聖ヴェロニカは一世紀頃のエルサレムの伝説上の女性。キリストが十字架を背負ってカルヴァリの丘に向かう途中、その汗をヴェロニカが自分のヴェールで拭うと、キリストの顔がヴェールに刻印されたという。ヴェールは聖なるものとして七〇〇年ころからサン・ピエトロ大聖堂に保管されている。

（2）　**天国での……顔立ち**　聖顔布に刻まれたキリストの顔立ち。

（3）　聖顔布を拝もうと熱望する老人と同じように、詩人は行きずりの女性の顔にラウラの面影を見ようとしている自分に気づく。

17　**ソネット**

（1）　**運命の二つの星**　ラウラの両の目。

（2）　**二つの愛の鍵**　ラウラの双眸。愛の鍵は、肉体という檻の錠を外して魂を解放する。

（3）　愛の感動によって霊魂が肉体を離れること、すなわちエクスタシーを含意する。

22　**セスティーナ**

（1）　**セスティーナ**　中世プロヴァンスに起源をもつ極度に複雑な詩形。六行連六つ、および三行連一つから成り、第一連六行の各行末の語（六語）は、第二連以下の行末に順序を変えて用いられる（この訳では、行末にくるべき語が行の頭、あるいは行の途中に置かれている）。最終連（三行）では、各連の行末の語（六語）のうち三語を（または六語全部を各行に二語ずつ）用いる。セスティーナを用いた詩人としては、ダンテ、ペトラルカのほか、英国ではウォルター・ローレイ、スウィンバーン、キプリング、パウンド、エリオット、オーデンなどがいる。

（2）　**恋人たちの森**　冥界の一画で、恋に死んだ者たちのために定められた場所。ウェルギリウス『アエネーイス』第六巻四四〇〜四七七行目参照。

（3）　**アポロンの神が……変身しないで**　「5　ソネット」注（4）、および〈断章〉一八九〜一九〇ページ参照。

44　**ソネット**

（1）**テッサリア**　ギリシア中部の古戦場。

（2）**あの男**　ユリウス・カエサル（ジュリアス・シーザー）。ポンペイウスの軍をテッサリアで撃破した（前四八年）。

（3）**娘婿**　ポンペイウス。カエサルの娘ユリアの夫。

（4）**ゴリアテ**　旧約聖書「サムエル前書」に登場するペリシテ人の巨人兵。サウル王の治めるイスラエルの軍と対峙し、彼らの神ヤハウェを嘲ったとき、イスラエルの羊飼いの若者ダヴィデが投石道具で石を投げ、ゴリアテの額を打ち砕いた。ダヴィデはのちイスラエルの王となった。「サムエル前書」一七章三一～五四節。

（5）**羊飼い**　ダヴィデ。

（6）**身内**　ダヴィデ王の三男アブサロム。父の王位を奪おうと企んだ。「サムエル後書」一七～一八章。

（7）**善人サウル**　イスラエルの王。ペリシテ人の軍に敗れ、ギルボア山で自刃した。サウルの後を継いで王になっていたダヴィデは、サウルの死を知って大いに悲しみ、ギルボア山に雨も露も降ることなかれと呪いをかけた。「サムエル後書」一章二一節。

（8）**きみ**　ラウラ。

45　**ソネット**

（1）**これまで……幸福の住居《すまい》**　ラウラの心。

（2）**太釘で打ちつけられた**　十字架に架けられたイエスのように苦しんでいた。

（3）**ナルキッソス変身の故事**　美貌の少年ナルキッソスは、泉に映る自分の姿に見とれてその場を立ち去れなくなり、ついに水仙に変身した。オウィディウス『変身物語』巻三、三四四～五一〇行。

(4) **あの話も……行きつく先は同じ**　自分の美貌に魅せられ惑溺すれば、ラウラのたどる道もナルキッソスと同じように、愛を知らぬまま花に変身して死ぬしかない。

(5) ラウラが花に変身しても、彼女の美しさに相応しい草地は地上にはない。「〈愛《アモール》〉と〈天〉とが褒めそやす美貌」に相応しい草地は〈天国〉にしかない。

50 **カンツォーネ**

(1) **カンツォーネ**　〈愛〉あるいは〈美〉を讃えるイタリアの抒情詩。起源ははっきりしないが、プロヴァンス詩の影響が認められる。ペトラルカによって詩形として完成され、タッソー（一五四四～九五）の時代まで詩人たちに用いられた。基本的に、詩のそれぞれの連は、内容の似た二つの部分と第三の部分の三部から成り、結末に詩全体への「別れ」の連がおかれる。

ペトラルカのこのカンツォーネでは、農夫と羊飼いと舟乗りが夕方、仕事を終えて休息に向かう情景が、サッポオの詩――「夕星は、／かがやく朝が八方に／ちらしたものを、／みな　もとへ／つれかへす／羊をかへし、／山羊をかへし、／母の手に／子をつれかへす」を思い出させる。『ギリシア抒情詩選』呉茂一訳（岩波文庫、一九五二）。

(2) **遠い国の人びと**　地球の裏側の人びと。

(3) **団栗《どんぐり》の実**　〈黄金時代〉の素朴な生活を暗示する。

(4) **獲物**　詩人が追うラウラ。

(5) **縛らない**　愛の心をもたせない、愛の奴隷にしない。

(6) **〈二本の柱〉**　いわゆる〈ヘラクレスの柱〉。ジブラルタル海峡のこと。

(7) **生命《いのち》ある石**　ラウラを指す。「石」はラウラの冷たさを含意する。「石の炎」は、ペトラルカ的「愛」のオクシモロン（撞着語法）。冷たい石が炎のように詩人の情熱をかき立てる。

52　**マドリガーレ**

（1）　**マドリガーレ**　英語では「マドリガル」。単律で多声の歌。十四世紀の北イタリアで生まれた。トルバドールの女羊飼いの恋唄「パストゥレル」の流れを汲む。ペトラルカのこの詩は、初期のマドリガルの好例。マドリガルは十六世紀に大流行し、英国エリザベス朝の詩人、作曲家も、好んでマドリガルを作った。十四世紀のマドリガルは、二つあるいは三つの三行連のあと、一つあるいは二つのカプレット（押韻二行連句）で締めくくられる。

（2）　**ダイアナを崇める男**　ギリシア神話のアクタイオンのこと。アテネ北西部のボイオティアの猟師アクタイオンは、森で狩猟する女神ディアナの沐浴の姿を覗き見てディアナの怒りをかい、鹿に変身させられ、自分の猟犬に喰い殺された（オウィディウス『変身物語』巻三）。

（3）　**羊飼いの美少女**　マドリガルの伝統に従って、恋人を羊飼いの少女に見立てている。

（4）　**ヴェール**　少女の「美しい眸の魅惑の光をかくすもの」（「11　バッラータ」）。このマドリガルでは、少女のヴェールが風にもち上げられ、詩人は彼女の美しい容貌を見る。

（5）　**愛の寒気**　もちろん愛のパラドックス。

61　**ソネット**

（1）　**〈愛〉**　もちろん弓矢を携えたクピードをイメージしている。

70　**カンツォーネ**

＊　このカンツォーネは五連から成り、第一連〜第四連の末尾には他の詩人の詩から、

第五連では自作の詩から、それぞれの起句を引用している。このカンツォーネには「別れ」の連がない。

（1）**わが主人**　〈愛神〉クピード。

（2）十二世紀の詩人アルノー・ダニエル、あるいはトルバドゥールのギョーム・ド・サン・グレゴリの作とされるカンツォーネの起句の引用。

（3）グィード・カヴァルカンティ（一二五五～一三〇〇）のカンツォーネの起句の引用。

（4）ダンテの「ピエートラ詩篇」中のカンツォーネの起句の引用。

（5）もし肉体が理性を曇らせているとしたら。「ヴェール」については、「11 バッラータ」、「52 マドリガーレ」、「122 ソネット」、「319 ソネット」参照。

（6）**わたしを悲しませる者**　〈愛神〉クピード。

（7）ペトラルカと同時代のフィレンツェの詩人チーノ・ダ・ピストイアのカンツォーネの起句。

（8）**あの日の過ち**　詩人がはじめてラウラに逢った日に、彼女の美しさに心を奪われたこと。

（9）**美しい季節**　「あの日」以前の青春の日々。最終行は『カンツォニエーレ』の「23 カンツォーネ」（本選集では省略）から。

90　**ソネット**

（1）**ほんの少し翳りが見られる**　ラウラは年齢とともにその美貌をいくらか失った。

（2）**弓は引かれて……痛む**　クピードはいま、その矢で詩人を狙っていないのに、かつて詩人が胸に受けた傷はいまも血を流している。

122　**ソネット**

（1）　**重いヴェール**　魂の光を妨げる影としての肉体。「70カンツォーネ」注（5）参照。

（2）　**火の試練**　衰えぬ情念の火の苦しみ。

126　**カンツォーネ**

（1）　**みんな**　「清水の流れ」（一行目）、「やさしい樹」（六行目）、「草地の花たち」（九行目）に呼びかけている。

（2）　**きみたち**　一二行目で「みんな、よく聴いてくれたまえ」と呼びかけられた「流れ」、「樹」、「花たち」を指す。

（3）　**裸で**　肉体を脱ぎすてて。

（4）　**恐ろしい通過点**　死の瞬間。

（5）　**祝福されてあるあの日**　一三二七年四月六日。「3ソネット」一〜二行目、「298ソネット」一三行目参照。

（6）　**もしかしたら……涙を拭うだろう**　第三連では、冒頭の「もしかしたら」から最終行まで、ラウラが「もしかしたら」詩人に対して愛を感じ、美しく優しい牝鹿のような姿で、彼を探しにきて……と詩人は想像している。「190ソネット」参照。

128　**カンツォーネ**

＊　このカンツォーネは、七連と「別れ」の連から成る。ペトラルカの最も有名な政治詩の一つ。詩人はここでイタリア国内の相争う党派に平和と和解を求めている。これは、一三四四〜四五年のパルマの包囲戦の間に、ポー川の辺りで書かれたとされる。

（1）　**わたしが……悲嘆にくれている／ポー川**　「詩篇」一三七篇一節――「われらバビロン

の河のほとりにすわり　シオンをおもひいでて涙を流しぬ」を参照。

（2）**天国を統《す》べ治めるお方よ**　古典文学の詩神《ミューズ》への「霊感を求める祈り《インヴォケーション》」と、キリスト教の神への祈りを重ねている。

（3）**かつて地上に来られたとき**　キリスト（「天国を統べ治めるお方」）が地上に降臨したとき。

（4）**マルス**　ギリシア神話の戦《いくさ》の神。

（5）**そこで**　人びとの開かれ和らげられた心で。

（6）**諸侯**　イタリアの公国の君主たち。「諸侯」への呼びかけ、訴えは、ここから七五ページ五行目の「天国への道が開かれるだろう」までつづく。

（7）**銭金《ぜにかね》で動く連中……思い込んでいる**　異国からきた傭兵たちが、イタリアのために血を流していると考える者がいるとすれば、まったくの思い違いだ、という意。

（8）**獰猛な野獣たちと／温和な羊たち**　それぞれドイツ人とイタリア人を指す。

（9）**無法な連中**　紀元前一〇二〜一〇一年にイタリアに攻め入ったゲルマン人たち。

（10）**マリウス**　ローマの執政官ガイウス・マリウス（前一五六〜八六）。紀元前一〇二年のアクアエ・セクスティアエの戦い、翌年のベルケラエの戦いで、ゲルマン人の軍を破った。

（11）**カエサル**　ローマの将軍。ジュリアス・シーザー（前一〇〇〜四四）。彼が敵を壊滅させる激烈なやり方は広く知られていた。

（12）**かの地**　アルプス以北の地。

（13）**バヴァリアの欺瞞**　ドイツの傭兵は、戦場で生命の危険を感じると、片手をあげて降伏の意志を示した。つまり、彼らが支持することになっている大義のために戦おうとはしなかった。

（14）**屈辱**　傭兵に賃金を払っているだけでなく、ばかにされていること。

（15）　**別の怒り**　傭兵の怒りでなく、真実の怒り。

（16）　**夜明けの三刻**　朝の六時から九時をいう。

（17）　**有害な荷**　傭兵。

（18）　**空虚な風評**　傭兵を信頼できるとする根拠のない世論。

（19）　**野蛮な種族**　ドイツ人。

（20）　**谷間**　俗世。いわゆる「涙の谷間」。

（21）　**平和な生に逆らうあの風**　反対者に対する憎しみを剣によって晴らそうという考え方。

（22）　**あの悪い習慣**　甘言、追従を信じ、真実を見失いがちなこと。

129　カンツォーネ

（1）　**レダ**　アエトリアの王テスティウスの娘、スパルタ王テュンダレウスの妻。白鳥に変身したユピテルと交わり、二個の卵を産み、その卵から美女ヘレナ、ポルクス、カストル、クリュタエムネストラの四子が生まれた。次行の「娘」とは、トロイ戦争の原因となった絶世の美女ヘレナのこと。

（2）　**月桂樹**　原文 'l'aura'（ラウラ）。恋人ラウラを暗示する。

134　ソネット

（1）　**収監している者**　クピード。すなわち七行目の〈愛《アモール》〉。

＊　英国ルネサンス詩人トマス・ワイアットのソネット（『トテル詩選集』一七番）は、ペトラルカのこの詩の翻訳。『英国ルネサンス恋愛ソネット集』岩崎編訳（岩波文庫）、二二一～二二三ページ。

＊ 136　**ソネット**

このソネットは、当時アヴィニョンにあった教皇庁をバビロンの娼婦に見立てている。ローマ教皇ボニファティウス八世は、課税権をめぐってフランス王フィリップ四世と争い、一三〇三年、ローマ郊外のアナーニで捕らえられ、その後、憤死。教皇庁は一三〇九年から約七〇年間（一三七七年まで）、南フランスの**アヴィニョン**に移された。**バビロン**はユーフラテス河畔にあった古代都市。古代メソポタミア文明の中心として栄えたが、前三世紀ころ衰退し、消滅した。新訳聖書「黙示録」（一七章五節）で、バビロンは「地の淫婦らと憎むべき者との母」とよばれ、「淫乱の都」を意味するようになった。

（1）**団栗《どんぐり》……川水**　貧者の食べ物。原始教会の食物、飲み物でもあった。

（2）**体《からだ》をからめて踊って**　性行為の暗示。

（3）**ベルゼブル**　もとはペリシテ人の都エクロンの神。「マタイ伝」（一二章二二〜二七節）で悪魔の王サタンの別名のように扱われている。

（4）**鞴《ふいご》……火……鏡**　情欲をかき立てる道具。

141　**ソネット**

（1）**彼女の蒙る迷惑**　詩人は、自分がラウラから与えられる苦しみよりも、彼の言動によって彼女の蒙る迷惑の方が大きいと思って苦しむ。

148　**ソネット**

（1）世界の川を列挙している。一行目はイタリアの川。二行目はアジア、アフリカの川。三〜四行目はイタリア以外のヨーロッパ各地の川（と海）。

（2）**蔦……杜松**　常緑樹を列挙している。

（3）**水清き小川《せせらぎ》**　ソルグ川。
（4）**瑞々《みずみず》しい若木**　月桂樹《ラウロ》。
（5）**この地**　「ここ新緑の川辺」（一二行目）。ソルグ川の岸辺。
（6）**それを植えた者**　詩人ペトラルカ。

151　**ソネット**

（1）**〈愛《アモール》〉**　もちろん弓矢を携えたクピード。
（2）**金の鏃《やじり》**　金の鏃は恋心を募らせ、鉛の鏃は恋を鈍らせる。オウィディウス『変身物語』巻一から。〈断章〉一八九～一九〇ページ参照。
（3）**羞恥心が隠すことを命じる**　クピードが恥部を隠しているのは、ラウラがエロティックな愛と無縁であることの暗示。
（4）ペトラルカの詩は、すべて彼がラウラの美貌から得たインスピレーションによるものだということ。

159　**ソネット**

（1）**〈自然の女神〉**　ここでは万物の創造主は神、生物の個体の一つ一つを造るのは〈自然の女神〉。〈自然の女神〉は、たとえば人間を造るとき、その人間の「イデア」（原型としての理念）に従って造る。「イデア」の観念はプラトンに由来する。キリスト教では、創造主は神。〈自然〉は神によって造られた被造物。自然現象は神のメッセージ。〈自然〉は神のメッセージを伝える〈自然の本〉。E・R・クルティウス『ヨーロッパ文学とラテン中世』南大路振一他訳（みすず書房、一九七二）、第六章「自然の女神」参照。
（2）**微風**　原語 'l'aura'。ラウラの名と重ねている。

165 **ソネット**

(1) ラウラを花の女神フロラに喩えている。

(2) **やさしい心の持ち主** 「愛」を解する優雅な心をもった人たち。

(3) **罠** 原文は「とりもち」。「鳥」(一四行目)を捕らえるための罠。

(4) **熱い喜びの雨** ラウラの美しい姿を見て感動し、熱い涙を流す。

(5) **四つの火花** ラウラの歩み、眼差し、言葉、身のこなし。

189 **ソネット**

(1) **忘却** 恋人が男の愛を気にもとめないこと。あるいは、恋する男がなにもかも忘れて、の意。

(2) **カリュブディスの渦と/スキュラの岩棚** カリュブディスは、海の渦巻の擬人化された怪物の女。一日に三度、近づいた船を呑み込み、三度、吐き出す。スキュラは、カリュブディスの海に面する洞窟に棲む怪物。六つの首をもち、船が近づくと船乗りをとって喰った。『オデュッセイア』第一二歌七三〜一一〇行。

(3) **わたしの主人、いや仇敵** 〈愛神〉クピードのこと。

(4) **侮蔑** 詩人の求愛に対する恋人の冷淡な無視と侮蔑。

(5) **わたしの目ざす二つの目標** 船が星を目ざして進むように、詩人の「船」が目ざす恋人の双眸。

＊ トマス・ワイアットのソネット(『トテル詩選集』一九番)は、ペトラルカのこの詩の翻訳。『英国ルネサンス恋愛ソネット集』二四〜二五ページ。

190　**ソネット**

（1）　**牝鹿**　ラウラを暗示する。恋人を鹿に喩えるのは牧歌詩の伝統。トマス・ワイアットやエドマンド・スペンサーにも例がある。ワイアットの詩は「われに触れるな……」の引用を含む詩で、ペトラルカからの翻訳と見られている。『英国ルネサンス恋愛ソネット集』一四～一五ページ参照。

（2）　アレクサンドロス大王によって金の首飾りをつけられた数頭の鹿が、大王の歿後百年に発見されたという伝説がある（『プリニウスの博物誌』第八巻五〇章一一九節）。また、カエサルの歿後、「われに触れるな、カエサルのものなれば」の文字のある首輪をつけた鹿が見つかったとも語り継がれている。「われに触れるな」は、キリストが復活のあとマグダラのマリアに与えた言葉でもある（「ヨハネ伝」二〇章一七節）。**ダイアモンド**は堅固な徳性の、**トパーズ**は貞潔の象徴。

（3）　**水に落ち**　涙にくれ。

199　**ソネット**

（1）　**〈自然〉**　〈自然の女神〉のこと。「159ソネット」注（1）参照。

（2）　**五つの真珠**　五本の指の爪。

（3）　**裸の姿**　手袋をはめていない手。

（4）　**象牙と……薔薇**　つややかな爪と美しい指先。

（5）　**美しいヴェール**　手袋を指す。

211　**ソネット**

（1）　**美しい小枝**　ラウラのこと。

（2）　詩人がラウラとはじめて出逢った日時については、「3ソネット」一～二行目、「126カンツォーネ」第三連、「298ソネット」一三行目参照。『凱旋』「死の凱旋」Ⅰ章一三三～一三四行にも言及がある。

（3）　**迷路**　叶わぬ恋の悩み。

248　ソネット

（1）　**〈自然〉と〈天〉**　「199ソネット」三行目、「159ソネット」注（1）参照。

（2）　**わたし**　九行目の「ここに来る者」とこの詩の作者ペトラルカが一つに重なっている。

（3）　もし来るのがおそければ（薄命のラウラに会えず）永遠に後悔することになるだろう。

第Ⅱ部

264　カンツォーネ

（1）　**あのころ**　かなわぬ恋を嘆いていたころ。

（2）　**別の悲しみ**　迫りくる死や死後の審判を思っての悲しみ。

（3）　**地上の獄舎**　肉体。

（4）　**あの両の腕《かいな》**　十字架に懸けられたキリストの両腕。

（5）　**先人たち**　死を怖れつつ死んでいった人たち。

（6）　**一つの思いが心に浮かび**　心に浮かぶ思いは、次行（「いまも恋い焦がれて……」）から第三連最終行（「……遥かに大きいのだ。」）まで。

（7）　**われわれ**　詩人と彼の心。
（8）　**自分の不幸への憧れ**　苦しい恋を憧れること。
（9）　**あの眼差し**　ラウラの眼差し。
（10）　**別の甘く苦い思い**　注（6）の「一つの思い」とは別の思い。すなわち名声への執着。詩人は桂冠詩人になる望みを考えている。
（11）　**凍えるときも燃えるときも**　冬も夏も。愛の悲しみに意気消沈するときも、愛の喜びに血を熱くするときも。
（12）　**これ**　名声への執着。
（13）　**ラテン詩人、ギリシア詩人**　ラテン語とギリシア語は、最も高尚な言語と考えられていた。
（14）　**真実**　神への愛。
（15）　**あのもう一つの強い情熱**　ラウラに対する詩人の情熱。
（16）　**二つの絆**　ラウラの「二つの美しい目の輝き」。
（17）　**舟に油を塗って**　水漏れのないように舷《ふなばた》に油を塗って。
（18）　この行から七行、「武器がないのです。」まで、詩人が神に直接訴える言葉。
（19）　**この厳しい戦い**　愛する女への憧れを敵にまわしての、神を思う理性の戦い。
（20）　**時とともに……強くなった喜び**　愛の情熱。

267　**ソネット**

（1）　**甘美な微笑みから／致命的な矢は来た**　ラウラの美しい眸から発する視線が、クピードの矢となって詩人の心を射貫いた。「151ソネット」五〜七行目参照。
（2）　**もしこんなにも遅れて来たのでなければ**　もしラウラが（いまの乱れた時代でなく）もっと早く、高貴な魂が高貴な地位につく秩序ある時代に生まれていたら。

（3）　**最高の喜び**　ラウラのこと。

272　**ソネット**

（1）　**この身を哀れと思わなければ……／……断ち切っているところだ**　おそらく、「自殺すれば魂が地獄に堕ちると考えなければ、とっくに自殺しているところだ」という意味。

（2）　**舵取り**　理性を指す。

（3）　**美しい二つ星**　ラウラの双眸。

298　**ソネット**

（1）　**幾星霜**　ラウラの死に至るまでの詩人の報われざる愛の歓喜と苦悩の歳月。

（2）　**苦悩の報い**　苦悩のなかの慰め。

（3）　**優しく残酷なあの〈日〉**　詩人がはじめてラウラに逢った「喜びの日」も、彼女の死んだ「悲しみの日」も、奇しくも同じ四月六日であった。「3ソネット」一～二行目、「126カンツォーネ」第三連、「212ソネット」一二行目、「267ソネット」一三行目参照。

（4）　**ああ、わたしの〈星〉よ……／……つき落としてくれたことか**　自分の生まれた〈日〉、〈運命〉、〈時〉、〈世界〉に対して嘆きをぶつけるのは、詩における「嘆き《コンプレイント》」の常套的レトリック。

299　**ソネット**

（1）　**いまどこに？**　「ウビ・スント」（'*ubi sunt motif*'）とよばれる修辞。帰らぬ過去の幸せや栄光を嘆く。フランソワ・ヴィヨンの「去年《こぞ》の雪いまいずこ？」が有名。

（2）　**わたしの思いの……記された**　ラウラの美しい容姿は、ペトラルカの憧れの記述そのもの。

310

ソネット

（1）**西風《ゼフロス》**　春風。ボッティチェリの名画〈プリマヴェラ〉では、大地の妖精クロリスが西風に触れられ、口から花を吹き出し、花の女神フロラに変身している。

（2）**ピロメラの鳴き声とプロクネの歌声**　アテナイ王パンディオンの娘ピロメラは、トラキア王テレウスに凌辱され舌を切られたが、タペストリーを織って、何が起こったかを姉でテレウスの妻であったプロクネに知らせた。プロクネは自分とテレウスのあいだにできた子を殺し、彼に食べさせて復讐した。テレウスは二人を殺そうと追ったが、ピロメラはナイチンゲールに、プロクネは燕に変身して森に逃れた。オウィディウス『変身物語』巻六。ペトラルカのこのソネットでは、「ピロメラ」は美しい歌声の「ナイチンゲール」を意味するが、テレウス王による凌辱の連想は意図されていない。

（3）**ユピテルの星**　木星のこと。

（4）**われらの鍵**　人びとの喜怒哀楽を支配する力。

＊　英国ルネサンスの詩人サリー伯ヘンリー・ハワードのソネットの一つは、ペトラルカのこの詩の翻案。『英国ルネサンス恋愛ソネット集』三二一〜三二三ページ。

319

ソネット

（1）**その肉も骨もすでに塵に帰した人**　死せるラウラのこと。

（2）**最善の形**　「形」はプラトニズムの‘form’、すなわち「イデー」で、ここではラウラの（「肉体」に対する）「霊魂」を意味する。

（3）**ヴェール**　「霊魂」を包むヴェールとしての「肉体」（ここでは「顔」）。九行目の「最善の形」＝「霊魂」に呼応する。「ヴェール」については「11 バッラータ」注（2）、「70 カンツォーネ」注（5）等参照。

323 **カンツォーネ**

（1）**一頭の獣《けもの》**　美しい牝鹿のイメージ。ラウラを暗示する。「190 ソネット」参照。

（2）**ユピテルを／愛で燃え上がらせるほど**　ユピテル（＝ジュピター）が一目で恋に落ちそうな。ユピテルはローマ神話の最高神。

（3）**黒と白の二匹の猟犬**　昼と夜を支配する〈時〉の暗示。

（4）**石**　墓石の暗示。

（5）**さすがの……死に見舞われ**　ラウラの死を暗示する。

（6）**くらべものなき……／波間に姿を消した！**　高貴なものの喪失の白昼夢。

（7）**美しい喜びの樹**　月桂樹。ラウラの暗示。

（8）**そのまま姿を消した**　不死鳥らしく甦ることもなく、いなくなった。ラウラの甦りはない。

（9）**最後にわたしが見たのは……**　ここからこの連の最終行「……涙だけ」までが最後の白昼夢。ラウラの死の比喩的相関物ではなく、ラウラの死そのものの幻影。

（10）**父**　カンツォーネの生みの親。つまり詩人ペトラルカ。

333 **ソネット**

（1）**固い石**　ラウラの墓石。

（2）**応えは〈天〉から**　（肉体は地中に埋葬されているが）霊魂は〈天〉にいるから。

353 **ソネット**

（1）**〈死〉と〈天〉が厳しい**　〈死〉と〈天〉は容赦なく詩人からラウラを奪った。

（2）**甘く苦かった幾星霜**　ラウラを恋し憧れた歳月。

365

（1） **ソネット**

（2） **滞在**　この世での生。

旅立ち　死出の旅立ち。

366

＊ **カンツォーネ**

この詩は、詩人が生涯をふり返り、罪を悔い改め、安らかな死と死後の魂の救済を願って聖母マリアに祈り、神への執りなしを願う。キリスト教の言葉に満ちている。

（1） **いとも美しき処女《おとめ》よ**　聖母マリアへの呼びかけ。第一連（一〜一三行）は、聖母マリアに呼びかけて祈り、（詩人たちが詩神《ミューズ》の力をかりるように）マリアと神の力をかりてインスピレーション（霊感）を得させてほしいと願う。

（2） **至上の太陽**　父なる神。

（3） **その光を……お隠しになった**　聖母の胎にお宿りになった。「ヨハネ伝」八章一二節参照。

（4） **信仰の心を……応えたまうお方**　聖母マリア。

（5） **思慮深き／……処女《おとめ》ら**　「マタイ伝」二五章一〜一三節の「五人の愚かな処女《おとめ》と五人の賢き処女」の寓話の引喩。灯火をもって新郎《はなむこ》を迎えるのに、五人の愚かな娘は予備の灯油を用意しなかった。賢き五人は油の用意をしていた。以下、第二連（「不遜にもまかり出たこのわたしに」まで）は、聖母の叡智と思慮深さを称え、助けを求める。

（6） **愚かな人間ども**　「思慮深き処女《おとめ》ら」の対立概念。

（7） **盲目の情念**　世俗の幸福に対する欲望。

（8） **愛しいわが子**　十字架にかけられたイエス。

（9） **あの美しい両の目**　「盲目の情念」をよび起こしたラウラの目と対照的なマリアの

「癒やしの目」。

(10) **不遜にも** 過去の過ちを悔いている。

(11) この行以下、第三連は、神の光が聖母マリアという「高窓」を通してこの世に降下したことを強調している。

(12) **母にして……娘** ダンテ『神曲』「天国篇」三三歌一行目——「母なる処女《おとめ》、わが子の女《むすめ》」(平川祐弘訳) 参照。マリアはキリストの母であり、同時に造物主すなわち神によって造られた存在である。

(13) **高窓** マリアという「高窓」を通して、神の光がキリストの肉体となって降下した。

(14) **イヴの涙を喜びに変えられた** 原罪の癒やしという望みをこの世界にもたらした。

(15) **その恵み** マリアの力によって涙が喜びに変えられること。

(16) **限りなく祝福され** すべての世代の人びとの楯として、慰めとして、祝福され。

(17) **恩寵に満ちた処女《おとめ》よ** 「ルカ伝」一章二八節参照。この行以下、第四連は、〈天国〉にあるマリアに、キリストの傷痕にかけて祈る。

(18) この行以下、第五連は、マリアの美と叡智に訴え、神の執りなしで世に恩寵の満ちることを祈る。

(19) **マリアさま** この詩で、「マリア」の名で聖母に呼びかけているのはこの一カ所のみ。

(20) **心の膝を折って** (聖母の前に跪《ひざまず》く思いで) 恭《うやうや》しく。

(21) **ゆるぎなき明星** この世界の「静止の点」。「黙示録」一二~一三章では六六六を数える反キリストにマリアの力が勝る。

(22) **誠実なる舵手** マリアの星のもとで舵をとる舵手。

(23) **罪深いことではありましょうが** 詩人がこれまでに書いたことを思えば。

(24) **あなたの敵** 悪魔。聖母と悪魔の敵対関係は当時の通念であった。

(25) **思い起こしたまえ……/……負いたまいしことを** キリストが人間の罪を負って万人を

救ったことにふれ、この第六連で詩人は罪からの救いを願っている。

(26) **処女《おとめ》の僧院**　聖母の母胎。

(27) **受肉**　精霊がマリアの胎に宿り、神がキリストの肉体として顕現すること。

(28) この行以下、第七連は、第六連までの聖母への訴えから詩人の伝記的叙述に移る。

(29) ラウラの美貌と、徳行と、上品で美しい言葉を言っている。

(30) 「ヨブ記」一七章一節――「我《わが》日《ひ》すでに尽きなんとし、墳墓《はか》われを待つ」参照。

(31) **かの処女《おとめ》**　ラウラ。第八連では、詩人はラウラへの愛に言及し、長い愛の苦しみを終わらせてほしいと祈る。

(32) **千もの苦しみは……知りません**　生前のラウラは詩人を近づけず、彼の愛に応えなかった。彼の耐えた愛の苦しみは知らなかった。

(33) **別の望み**　自分も詩人を愛したいという欲望。

(34) **彼女の不名誉**　彼女が不貞の女だと世間に知られること。ラウラは人妻であった。

(35) **〈天国の女王〉**　聖母マリア。

(36) **いと高き叡智の処女《おとめ》**　マリアの知性を他の徳性よりも高く称揚している。

(37) **最後の危機**　死と、最後の審判。第九連で、詩人は死に臨んで魂の救済を願っている。

(38) **わたしをその姿に似せて造られた方**　創造神。旧約聖書「創世記」一章二六節から。

(39) **メドゥーサとわが罪が、わたしを／……石に変えてしまったのです**　罪の視線でラウラを見つめると、メドゥーサを見たときのように石に変えられた。**メドゥーサ**は、ギリシア神話中の怪物ゴルゴン三姉妹の一人。頭髪は蛇で、黄金の翼をもち、見る者を石に化す。オウィディウス『変身物語』巻四、七五二～八〇三行。メドゥーサは美女だったとも醜女だったともいわれる。

(40) **狂気の願い**　ラウラの愛を得たいという狂おしいまでの欲望。

（41）　**塵の穢れ**　肉体の内包する罪。肉欲。
（42）　**心優しき**　（性格が）優しくて、赦しの心をもつ。
（43）　**高慢**　ここでは高慢に代表される「七つの大罪」。聖母は罪と悪魔の敵（注（24）参照）。
（44）　この行以下、第一〇連は、祈りではじまり、誓いで結ばれる。
（45）　**共に始源とする愛**　どちらも神の被造物として互いに相手に対して抱き合う愛。
（46）　**生命《いのち》……塵の一握り**　ラウラを指す。
（47）　**最良の渡し場**　祝福された死。
（48）　**新たな願い**　（この詩の最終行にあるように）平安のうちに死を迎えたいという願い。
（49）　この行以下、最終第一一連では、前行（第一〇連の最終行）で言う「新たな願い」を述べる。安らかに息を引きとることができるよう、神への執りなしをマリアに願う。
（50）　**真実の人にして／神の真理であるお方**　キリスト。
（51）　**末期の息が……受けとられますように**　神がアダムに息を吹き込んだ行為の逆転としての死が、安らかなものでありますように。

断章

『カンツォニエーレ』とソネットの伝統

ペトラルカの詩集『カンツォニエーレ』における愛の修辞、詩人における古典文学とキリスト教信仰、ルネサンス精神、桂冠詩人の名誉に憧れる彼の個人主義、さらに、英国におけるペトラルカ・ソネットの受容と展開、そして、日本に渡来し日本化するソネット、等について、以下、簡潔に記してみたい。

1　愛の修辞とルネサンス精神

『カンツォニエーレ』がペトラルカ以後の抒情詩人たちの範例となりえたのは、ヨーロッパの近代初期に自己の内面を深く意識するようになった人間の愛のさまざまな側面が、新鮮なイメージと洗練された筆致で描き出されていたからである。詩集の第一部でペトラルカは、美しく高貴で貞潔な女性ラウラに対する半ば宗教的な憧れと讃美を歌い、抑えがたい愛を告白し、第二部ではラウラ亡きあとの嘆きと喪失感を吐露し、死を前にして自らの魂の救済を聖母マリアに祈っている。

美しいイタリアの自然のイメージ——月桂樹《ラウラ》、薔薇、緑の木陰、微風《ラウラ》、小川《せせらぎ》、星空など——で飾られ、優雅な措辞で描かれたペトラルカの愛の世界にわれわれがまず認めるものは、突然詩人を襲いその自由を奪う〈愛〉の力、ラウラの美貌と貞潔の讃美、彼女を愛する喜びと報いられぬ苦しみ、である。

詩人を襲う抗いがたい〈愛〉の力は、クピードの矢という古典神話のイメージで表現される。詩集冒頭、読者の共感を求める序のソネットにつづく「2ソネット」で、詩人は、ある日、突然、〈愛神《アモール》〉すなわちクピードの矢に射られ、その深傷《ふかで》から痛切な愛の苦しみがはじまったと告白する——

これまでに受けた千もの侮辱に復讐し
その恨みを一日で優雅に晴らそうと、
〈愛《アモール》〉はひそかに弓に矢を番《つが》え
然《しか》るべき時と場所をえらんで待っていた。

わたしは持てる力のすべてを心臓に糾合し
心と目で必死の防戦につとめたが
ついに致命的な一矢を胸に受けた、
他の矢はすべて的を外れたのだが。

わたしの心はこの最初の一撃に狼狽《うろた》えて
武器をとって身構えるべきときに
その気力も機会も見出せなかった——

〈愛〉の殺意から身を守るため
険しい山に登る聡明さを、と考えたが
力及ばず、なす術もなく終わった。

弓矢を携えた〈愛神〉クピードは、すでにオウィディウスの『変身物語』に現れていたものである。『変身物語』巻一のアポロンとダフネの挿話で、〈愛神〉クピードは、「羽ばたきながら」空を飛んでパルナッソスの山頂に到り、金の鏃《やじり》のついた矢を弓につがえて太陽神アポロンの胸を射貫き、一方、鉛の鏃の矢で美しい娘ダフネを射た。アポロンはダフネへの恋に落ち、抑えがたい欲望の虜《とりこ》となってダフネの愛を求めるが、彼女は怖がって逃げる。ダフネが、アポロンに追われないように自分の姿を変えてほしい、と父である河神ペネイオスに祈ると、彼女はみるみる月桂樹に変わったという。『カンツォニエーレ』でも、金の鏃の矢は男を射るだけで女には向けられない（「3ソネット」）。貞潔なラウラは、愛欲をよせつけないのである。

上のソネットで詩人の胸を射たクピードの矢は、別のソネットでは、ラウラの目から発する魅惑的な視線と化して現れている。

神の聖なる光もこれ以上に人間を目眩《くら》ませたことがないほど、
あの美しく愛らしくも優しい黒い眸《ひとみ》の
神々しいまでの光線は、わたしの目を眩ませた――
〈愛〉《アモール》がその鋭い金の鏃《やじり》をあの目に浸したからだ。

（「151ソネット」）

〈愛〉は盲目ではない――矢筒を背負い、
羞恥心が隠すことを命じるところ以外は裸で
背中に翼をもつ本物の少年。絵姿ではない。

ここでは、クピードは、たとえばボッティチェリの〈プリマヴェラ〉の絵の中央でヴィーナスの頭上に舞う〈盲目のクピード〉ではなく、よく見える目で弓に矢をつがえて詩人の眼を狙い、矢はラウラの眸の「神々しいまでの光線」となってペトラルカの目を眩《くら》ます。

〈愛〉の力に捕らえられた詩人は、愛する女性ラウラの美貌を言葉をつくして讃美する。たとえば――

純白と真紅の薔薇が、たったいま
処女の手で摘んだばかりの姿で
金の花瓶に咲き誇るのを見たら、
すべての美質を備えたどんな驚異にも優る
美しい女《ひと》の顔に逢えた思い――
顔に三つの秀でた美の競いあう人に。
輝くばかりの金髪が項《うなじ》にかかり
その肌の白さはミルクに勝り
頬は美しい炎で飾られた女《ひと》。

（「127カンツォーネ」）

詩人はラウラの顔の美しい肌と、頬と唇、そしてそれらを縁取る「金髪」と、その三つをそれぞれ、白薔薇と、紅薔薇と、「金の花瓶」に喩えて賞讃しているのだ。

ペトラルカがこのように讃美するラウラの美貌は、「〈愛〉と〈天〉とが褒めそやす」(「45ソネット」)までにすぐれて美しいものだが、詩人の憧れに彼女は応えてはくれない。ラウラは貞潔そのものであって、男の求愛に心を開こうとはしない。詩人を嘆かせるラウラの貞潔は、彼の目には、ときに高慢と見える。鏡に映る自分の姿に見惚れるラウラが「冷酷で高慢」に思えるのだ(「45ソネット」)。ラウラは、自分に恋いこがれて苦しむ詩人を見ても、侮蔑の眼差しを投げ返すのみである。「44ソネット」で、ペトラルカは嘆いている――テッサリアの非情な戦いでポンペイウスの軍を打ち負かしたカエサルでさえ、弩《いしゆみ》でゴリアテを殺したダヴィデ王でさえ、身近な人の死に涙し、悲しみにうち震えたというのに、

だが、きみは、憐れみの色など微塵も見せず、
慎重な防御を一時《いっとき》もおこたらず、
〈愛〉《アモール》の引く弓はすべて無駄。

千回も死ぬ思いのわたしの顔を見ながら

きみの目は一滴の涙も流さず、
ただ侮蔑と怒りの眼差しばかり。

（「44ソネット」）

報いられぬ愛を昼となく夜となく嘆き悲しむ詩人の苦悩、その「嘆き《コンプレイント》」もまた、『カンツォニエーレ』のテーマである。

恋する詩人にとって残酷とも言うべきラウラの貞潔は、言うまでもなくキリスト教倫理の実践である。『カンツォニエーレ』では、詩人の愛の情念の甘美な喜びと苦い苦悩がさまざまな修辞的工夫を通して描かれ、同時に、ラウラのゆるぎない貞潔が至高の美徳として讃えられている。ここでは、クピードと月桂樹にかかわるアポロンとダフネの神話や、泉の水面に映る自分の美貌に魅惑されて痩せ衰え、水仙に変身するナルキッソスの物語（「45ソネット」）が、キリストの受難への言及や、聖書のダヴィデとゴリアテの物語と共存している。つまり、ペトラルカが自分の愛の喜びと苦しみを描くために用いる比喩形象は、ギリシア神話とキリスト教聖書を背景としている。『カンツォニエーレ』における古典文学とキリスト教信仰は、ウェルギリウスとアウグスティヌスのどちらにも深く傾倒したペトラルカのルネサンス精神の現れにほかならない。

もちろん、そうしたルネサンス精神と直接かかわりのない素朴な比喩形象も『カンツォニエーレ』にはある。すでに見た金の花瓶に挿された純白と深紅の薔薇はその一例だが、もう一つの例として、よく知られた難破のイメージがある――

ああ、〈愛〉《アモール》に連れられてきたここは、自分の望まぬところ。道を外れたところ、とわかっている。
わたしの心の王座に君主として坐る女《ひと》は
わたしに対してかつてなかったほど迷惑顔。

貴重な商品を山と積んだ船を、危険な
岩礁から守る聡明な舵手にも劣らず、
わたしは自分の小舟を、誇り高い彼女の
厳しい視線の打撃から、必死に守ってきた。

だが、いつ止むとも知れぬ涙の雨と溜め息の
残酷な嵐が、いま勢いを強め、わたしの心は
恐ろしい冬の夜の荒海に漂《ただよ》う。

彼女はいっそう迷惑し、わたしは苦しみと

痛みに襲われ、小舟は荒波に揉まれ、
帆柱も舵も、ついに奪われてしまった。
（「235ソネット」）

難破は〈運命〉のもたらす破局のイメージとしていつの時代にも見られるものだが、ここでは報われぬ恋の悲嘆と苦悩のイメージとなっている。そして、ここにある「涙の雨」や「溜め息の嵐」といった句は、ペトラルカ・ソネットの特徴的な慣用句として、のちの詩人たちに範例を提供することになる。

2　月桂冠と神と近代個人主義

ペトラルカが最初にラウラに出逢ったのは、一三二七年四月六日、「〈造り主〉の苦悶」の日。南フランスのアヴィニョン、聖キアーラ教会でのことであった。そのことは、『カンツォニエーレ』の「3ソネット」や「211ソネット」でも述べられている。

ペトラルカが書簡に書き残したところによると、ラウラに対するペトラルカの愛について、ジョヴァンニ・コロンナ枢機卿の弟でランベス司教のジャコモ・コロンナが、厳しく問いただしたことがあるらしい。コロンナ司教はペトラルカに、「およそラウラという女性などきみの心には存在せず、存在するのはただ詩人の桂冠《ラウレア》くらいのものであろう。……息づいている生けるラウラの方は、その美しさにきみが魅了されているように見えはしても、すべてはつくりごとにすぎない」と言う。するとペトラルカは、「私の青ざめた顔、私の苦悩は、あなたもご存知です」と反論している（ペトラルカ『ルネサンス書簡集』、Ⅳ「二つの憧憬――ローマとラウラ」）。ラウラという女性が実在したかどうか、確たる証拠はないともいわれるが、ペトラルカがラウラへの愛の詩を書きつづけながら、その間、詩人として桂冠詩人の栄誉を身に受けることを熱望していたこと、こちらはまちがいない事実である。

詩集のなかでペトラルカは、桂冠詩人の栄誉に対する憧れを繰り返し表明しているが、「5ソネット」では、彼の心のなかで愛と野心が「ラウレア」という一語に要約されていて、「ラウレア」が彼の生涯をかけた願いであったことを告白している。ラウラの名前はラテン語では「ラウレッタ」で、詩人が手に入れることを望んでいた月桂冠「ラウレア」と重なるものであった。

きみに憧れてわたしが胸の溜め息をかき集め
〈愛《アモール》〉がこの心に刻んだ名をよぶとき、
最初にまず聞かれる音は
'LAU-dando'（賞讃すべき）という語の美しい響き。

つぎに出会う‘RE-al’（王に相応しい）はきみの威厳、
高邁な仕事に向かうわたしの力を倍加してくれる。
だが、語尾の‘TA-ci’（暗黙のうちに）が叫ぶ――「おまえの肩は
彼女の名声を担う資格はない」と。

こうして、だれかがきみの名を呼ぶとき、その声はそのまま
あらゆる讃辞と名誉に相応しいきみを
‘LAU-dare’（讃美し）、‘RE-verire’（尊敬する）ことを教える。

ただし、‘mor-TA-l’な（死ぬ定めの／人間の）舌が
アポロンの神の永遠に緑の枝を敢えて語る
傲慢を、この神が怒らなければの話だが。

この詩で詩人は、恋人の名前‘Laura’のラテン語形‘Laureta’に、ラウラへの讃美を見つけようとしている。二行目の「〈愛《アモール》〉が……刻んだ名」は‘Laureta’であり、六行目の「高邁な仕事」は、この詩のコンテクストでは「ラウラを讃美するという仕事」であろうが、おそらく月桂冠への野心を含意する。一三行目

の「永遠に緑の枝」は、アポロンに追われて月桂樹（laurel）に変身した美女ダフネを意味するからである。要するに、月桂冠「ラウレア」と恋人「ラウレッタ」とは、詩人にとって一体のものであった。

ペトラルカのラウラへの愛と並び、それと不離のものとしての月桂冠への野心は、『カンツォニエーレ』を一貫する通奏低音としてひびいている。だが、愛と野心は、どちらもまぎれもなく世俗的欲望であり、もともとキリスト教徒としての、聖職者としての、ペトラルカの信仰に背くものであった。ペトラルカのラウラへの愛が、彼の神への愛と矛盾することの認識、その苦悩については、詩人自身、たとえば「264カンツォーネ」で縷々述べている。

儚《はかな》い幸せの望みは、欺瞞の世の贈り物。
おまえは愚かにも長いあいだ欺かれ
懲《こ》り果てているはずなのに、
まだそんなものに未練があるのか……

自分でもよくわかりながら、理性の手綱を引き締めることができず、「甘く苦い思いが……／……魂のなかに居座って」いる苦しみを、ペトラルカは嘆いている――「善に向かう道を知りつつ別の道を棄てきれない」と。

そうした内面的苦悩は、ペトラルカ自身、その著書『わが秘密』にも記している。この本は、ペトラルカが〈真理〉の女神の立ち会いのもと、深く敬愛する『告白』のアウグスティヌスと交わす架空の対話の記録であるが、そこでアウグスティヌスは、ペトラルカが「ラウレア」を熱心に求めるあまり、神への愛をおろそかにしていることを、厳しく叱責している。アウグスティヌスは言う――

きみは、彼女の肉体の美しさにもまして名前の輝きに魅了され、その名と同音のものはことごとく、信じられないほどの虚栄心をもってあがめるにいたった。そのため皇帝か詩人の月桂冠《ラウレア》を、彼女も同名であるという理由から熱烈に愛しもとめた。……帝冠は望むべくもなかったので、きみの蛍雪の功が約束してくれる詩人の桂冠をもとめ、恋人自身を愛慕するにもおとらずそれを熱望したのだ。

（『わが秘密』第三巻二）

『わが秘密』は、ペトラルカがラウラへの愛と桂冠の名誉への野心を神への愛と照らし合わせ、その反省を、精神的導者アウグスティヌスとの対話の形で述べた「心のなかの戦い」の記録である。だが、ペトラルカにおける名誉への野心と愛の情念は、中世における高慢や色欲の罪とは別のものである。ここにはヨーロッパの「近代自我」が強く息づいている。つまり、『わが秘密』における厳しい自己省察は、ヨーロッパ近代個人主義の発露にほかならない。

　一三二七年四月六日からちょうど二十一年、一三四八年四月六日の朝、ペストに冒されたラウラは死ぬ。その知らせを受けた五月十九日、ペトラルカは愛蔵のウェルギリウス写本にラテン語でこう書きつけたという――

> わが詩《うた》によって久しく讃えられたラウラは、わが青春の初めに、キリスト紀元一三二七年の四月六日の朝、アヴィニョンの聖女クララ教会〔イタリア語では「聖キアーラ教会」〕において、はじめてこの目にあらわれた。そして同じ市《まち》において、月もおなじ四月、日もおなじ六日、時刻もおなじ朝、だが年は一三四八年、その光はこの世から奪い去られた。
>
> （近藤恒一『ペトラルカ――生涯と文学』第二章七節）

因縁の四月六日を、ペトラルカは「298ソネット」で嘆いている――

> ああ、わたしの〈星〉よ、〈運命〉よ、〈宿命〉よ、〈死〉よ、
> いつもわたしに優しく残酷なあの〈日〉よ、きみたちは
> わたしをなんという悲惨の淵につき落としてくれたことか。

そして、ラウラの死後もペトラルカは、ラウラの生前と変わらず、彼女への深い思いを詩に託した。

行け、わが悲しみの歌《ソネット》よ、わたしの大切な宝を
地中に秘めているあの固い石のところに。
……
彼女に伝えてくれ、わたしは生きることに倦み疲れ
恐怖と悲惨に満ちた現世の海を渡ることに疲れ果てたが、
でも、いまも彼女を讃える詩篇を集め、彼女のあとを追って
こんな風に一歩また一歩と歩んでいる、と。
（「333ソネット」）

『カンツォニエーレ』に収められた三六六篇の詩のうち、第II部をなす「死せるラウラに捧げる」詩篇は、詩集後半の一〇二篇である。そこに、愛する女性を失った詩人の悲しみと、彼が現世に対して感じる無常観が、ときとして現れるのは自然なことであろう。

生命《いのち》の流れは絶えずして、ひと時もとどまらず、

〈死〉は確かな足どりで生命を追う。
……
港も嵐だ、わたしの小舟の舵取りは
はや疲れ果て、帆柱は折れ、索具は切れ、
いつも見つめたあの美しい二つ星も見えなくなった。

（「272ソネット」）

ここでもまた難破のイメージ——生命《いのち》は流れ、死を前にして詩人は絶望の嵐のなかにいる。安息の場であるはずの「港」も嵐、「舵取り」である理性は疲れ果て、「美しい二つ星」も消え去った。

巻末の「366カンツォーネ」で、ペトラルカは自分の生涯をふり返り、

アルノ川のほとりに生を享けて以来、
ここかしこ寄る辺なく放浪を重ね
わが生涯が味わったのは苦しみばかり。

（「366カンツォーネ」第七連）

と、自分が世俗的欲望と神への愛のあいだで苦悩したことを告白し、だが、生命《いのち》限られた処女《おとめ》ラウラへの愛は、聖処女マリアへの愛に連なるものと弁解しつつ、いま一段と深い真心をもってマリアに愛を捧げることを誓う——

いとも心優しき処女《おとめ》よ、高慢の敵よ、
われらが共に始源とする愛によって、
悔い改めた謙虚なこの心に憐れみを垂れたまえ。
もし生命《いのち》限られた塵の一握りにさえ
あんなにも深い信仰をもって愛を注ぎ得たとすれば、
あなたのような高貴な方にはなんと深い愛を捧げられることでしょう？
もしわたしが、この卑しく惨めな境遇から
あなたに手をとられて立ち上がれば、
清らかな聖処女よ、わたしはあなたの名において
わたしの思惟と才知と身の嗜《たしな》みと、言葉と
心、そして涙と溜め息のすべてを捧げます。

（「366カンツォーネ」第一〇連）

死を前にして、世俗的な愛を悔い改め、魂の救いを願うペトラルカの聖処女マリアへの祈り——神への執りなしを願う祈り——で、『カンツォニエーレ』全巻は幕を閉じる。

3 『カンツォニエーレ』と英国ルネサンス・ソネット

ペトラルカの『カンツォニエーレ』は、イタリア・ルネサンスがヨーロッパ全体に広がるにつれて、汎ヨーロッパ的な範例《モデル》となっていった。英国でもペトラルカ恋愛詩における〈愛〉の理念とその修辞的表現は、中世文学における宮廷恋愛の伝統と融合して、この国のルネサンス文学における「感情の様式」を形成していった。

『カンツォニエーレ』を英国に移入したのは、ヘンリー八世に仕える廷臣トマス・ワイアット（一五〇三～四二）とサリー伯ヘンリー・ハワード（一五一七～四七）であった。ワイアットは、一五二四年からヘンリー八世に仕え、一五二六年、外交使節に加わってフランス宮廷に赴き、クレマン・マロを含む文人たちと相知るようになり、一五二七年にはローマ法王庁に赴き、イタリア各地を訪れ、ピエトロ・ベンボ、ロドヴィコ・アリオスト、ニッコロ・マキァヴェリの面識を得た。サリーは、一五三二年にヘンリー八世に従ってフランスに渡り、およそ一年間、フランソワ一世の宮廷に滞在してイタリア文学を知り、帰国してペトラルカのソネットを、のちに英国型あるいはシェイクスピア型とよばれるようになった脚韻形式で英語に移した。

サリーとワイアットの詩は、一五五七年にリチャード・トテルによって出版された『トテル詩選集』で広く知られるようになったが、この詩選集に収められたワイアットの作品は、その多くがペトラルカ詩の翻訳である。たとえば『カンツォニエーレ』の「189ソネット」は、ワイアットの訳ではこうなっている――

ぼくのガレー船は、忘却のほかに積み荷とてなく、
冬の夜の荒海を、波に揉まれながら
岩の間を縫って行く。舵取りは、ああ、わが敵で
わが主《あるじ》でもある残酷なキューピッド。
櫂の動きの一つ一つが、ぼくの一途な思い、
死さえもいまでは恐るるに足らぬ。
いつ果てるとも知れぬ強風に引き裂かれる
やみ難き溜め息と不安な信頼の帆布。
涙の雨と、嘲りの暗雲が、
すでに過誤と無知とで捩じれ
弱っている索具を、狂わせてしまう。
ぼくをこの苦痛に導いた二つの星はいま姿を消し、
慰めを与えてくれるはずの理性も波に消えて、

まだ、しばらく、ぼくの舟は港に入れそうもない。(『トテル詩選集』19)

エリザベス一世の時代になると、フィリップ・シドニーが恋愛ソネット集『アストロフィルとステラ』(一五九一)を出し、それにつづいてサミュエル・ダニエル、マイケル・ドレイトン、ジョン・コンスタブル、エドマンド・スペンサー、ウィリアム・シェイクスピアといった詩人たちが、相次いで恋愛ソネット集を出した。彼らのソネット連作は、貞潔な女性に対する男の報いられぬ恋というペトラルカ的様式を基盤としながら、フランスのペトラルキスト詩人ロンサールの影響もあって、「カルペ・ディエム」(「この日をつかめ」、「時を逃さず薔薇を摘め」)のテーマが強く見られるものであった。やがて彼らは、ペトラルカ風の愛の形を陳腐なものと感じ、報いられぬ愛を嘆く詩人の「溜め息の嵐」、「涙の洪水」といったペトラルカ風の修辞を冷笑的に見るようになる。恋人は憧れの対象であるよりも、もっと現実的な、肉体を備えたリアルな存在になった。ソネットの序詞ではじまる愛の悲劇『ロミオとジュリエット』は、恋愛ソネット集流行のただ中で、シェイクスピアが新しい愛の形を新しい修辞で描いてみせた若い恋人たちの悲劇であるが、女主人公ジュリエットは、はっきりと肉体と欲望をもった女性であり、対照的に、ジュリエットに出逢うまえのロミオがロザラインに抱く感傷的な憧れは、マーキューシオによって「ペトラルカかぶれ」と嘲笑されている。「ペトラルカ的」愛の理念と修辞は、このころすでに凡庸に堕したもの、嘲笑すべきものと見なされていたのである。

ジョン・ミルトンとともに英国のルネサンスは終わる。ミルトンには美しいソネットが幾つもあるが、『失楽園』のブランク・ヴァースの存在が大きい。十八世紀、ポープやドライデンの時代にはヒロイック・カプレットが支配的な詩形式となり、抒情よりも諷刺が盛んになった。そして、ワーズワスとバラッド・ミーターの時代になる。ワーズワスにはたくさんのソネット作品があるが、読まれるのは『抒情踏謡集』（一七九八）のバラッドである。十九世紀には、エリザベス・ブラウニングの『ポルトガル語からのソネット集』（一八五〇）や、ジョージ・メレディスの『現代の愛《モダン・ラヴ》』（一八六二）、ダンテ・ゲイブリエル・ロセッティの『いのちの家』（一八八一）のようなソネット連作があり、国民的詩人アルフレッド・テニソンのアーサー王伝説を素材とする中世趣味とナショナリズムの文学を経て、二十世紀のモダニズムの時代になる。モダニズムの代表的詩人T・S・エリオットにソネット作品はなかったと思うが、W・B・イェイツには「レダと白鳥」というすぐれたソネットがある。その後のW・H・オーデンには「探求」のようなソネット連作がある。

ポストコロニアルの時代になると、英語文学の世界はグローバルな広がりを見せる。カリブの英語詩人デレック・ウォルコット（一九三〇〜二〇一七）には、ペトラルカのソネット連作に対する強い憧れが認められる。詩集『白鷺』（二〇一〇）のなかに、「シチリア連作」という題でまとめられた一一篇のシリーズがある。詩人がシチリアに滞在したときの作であろう。テーマは老年と恋である。その一つ――

どうしてだい？　それでもきみは、自分の老いを認めないのかね？
雲丹《うに》の針のよう剛《かた》くて白い顎鬚《あごひげ》のサテュロスくん、額からは
このページのように白い髪の毛が散る。まるで白い杉の花が
〈呪いのゴムの樹《ゴミエ・モディ》〉から、呪われた杉の樹から、
振り落とされるように、ペンから生まれる母音のように。
みんながどう思ってるか、教えてやろう。きみの歳ではもう
あんなみずみずしい女に胸おどらすなんて、とんでもないこと。
そんな古傷だらけのからだと震える手で若い女を求めるなんて。
つのる思いできみの頭は三月の杉林のようにざわめき、
彼女が美しいといって、シー・アーモンドの樹のように燃え立つ。
蟹の横走りのように文字を連ね、それらを隠してしまう、
彼女が分かってくれるなんてあり得ないと思って。ともかく、
他人の恋の話なんて聞いてられないよ、ねえ、きみ、読者よ。

このページは、傾いた太陽の弱い光を受けて吐くいつもの挫折の溜め息――ソネット集とペトラルカ。

詩人は、老いてなお若い女性を求める自分を、自嘲ぎみに、「白い顎髯のサテュロスくん」とよんでいる。サテュロスはよく知られたギリシア神話の半獣神。下半身が山羊で、大の女好き。いつも森の妖精を追いかけている。燃え立つようなシー・アーモンドの樹と横走りする蟹のイメージは、シチリアの海の風景を喚起する。

ペトラルカは、連作詩『凱旋』の「愛の凱旋」で、シチリア島と漁師のグラウコスに言及している。オウィディウスの『変身物語』（一三巻九〇〇行～一四巻七四行）によれば、漁師のグラウコスは妖精スキュッラに求愛するが拒まれたので、魔女キルケに頼んでスキュッラをシチリア海峡の岩山に変身させ、そのためにシチリアの海はそこを航行する者にとって難所となったという。いま、シチリアに来た老詩人ウォルコットは、若い女性の愛が得られなくて、スキュッラに拒まれたグラウコスの思いを味わっているのである。考えてみれば、報いられぬ愛の悲しみという点では、ウォルコットもペトラルカもじつは同じなのだ。

古傷だらけの醜く衰えた肉体と、震える手と、落葉髪《おちばがみ》と――それでもまだ若い女性を求めて立ちさわぐ「三月の杉林」のような情念は、『不思議の国のアリス』に出てくる「三月ウサギ」を思い出させる。だが、交尾期のウサギのような狂気にもかかわらず、ここにはすぐれてみずみずしい感受性、すぐれた詩人の資質が厳としてある。老人の性欲という素材は、すぐれた詩作品として造型されている。この欲望の詩人は、自分がヨーロッパ文学の伝統に連なる詩人であることを自覚し、愛の詩人ペトラルカを自分のヴィジョンのなかに収め、一五行の詩はソネットを内包しながら、ソネットになりきることを注意深く避けている。ソネットを避けながら、ソネット連作という伝統的形式とペトラルカに、憧れている。

ウォルコットにおける「遂げられぬ欲望」は、ペトラルカの「理想化された女性への憧れ」とはもちろん違う。詩形も、ウォルコットの方は一五行の変則ソネット。だが、ペトラルカから遠くはなれた国に生まれ、遠くはなれた時代に遂げられぬ欲望を語りながら、ウォルコットの『白鷺』には、ペトラルカのソネットへの憧れが色濃く滲み出ている。

4　日本におけるソネット

太平洋戦争勃発の翌年、一九四二年（昭和十七年）の秋、中村真一郎、福永

武彦、加藤周一、その他、詩作を試みる人たちが集まって、「マチネ・ポエティク」のグループが結成され、その運動のなかで、ヨーロッパ的な押韻定型詩の制作が試みられた。同人誌に発表された作品は、戦後、一九四八年（昭和二十三年）になって『マチネ・ポエティク詩集』にまとめられ、このグループによる押韻定型詩の実験が詩壇の話題になった。〈四季派〉の詩人三好達治は書評「マチネ・ポエティクの試作に就て」（昭和二十三年）で、定型押韻詩は「詩型の至上完璧なもの」ではあるが「日本語の構造上、原理的に不可能である」とし、〈荒地派〉の鮎川信夫は、中村真一郎『詩集』に対する書評（『詩学』昭和二十五年十二月号）で、問題は「美学の問題ではなくて、思想の問題である。マチネの美学を支えているところの思想や、彼等の共通の経験〔は〕、僕たちを支えることができない」と述べた。「マチネ・ポエティク」の押韻定型詩の試みは、詩壇の共感を得ることはできなかったのである。

マチネ・ポエティクの詩人たちがやってみせたことが、日本の詩にとっても つ意義については、復刻版『マチネ・ポエティク詩集』（水声社、二〇一四）の巻末に添えられた大岡信「押韻定型詩をめぐって」と、安藤元雄「『マチネ・ポエティク詩集』について」のすぐれた論評に論じ尽くされていると思うが、この詩集の初版が出版された当時においては、詩人たちの意図はほとんど理解されなかった。

二次大戦後の日本の詩壇の状況について言うと、鮎川に代表される〈荒地派〉の詩人たちは年刊『荒地詩集』を一九五一年から出していたが、戦争体験を背負って戦後の焼け跡から立ち上がった彼らの体験は読者の戦争体験と共鳴し、鮎川の「死んだ男」の詩を含む『鮎川信夫詩集』（一九五五）は、広い読者層に迎えられた。T・S・エリオット『荒地』の翻訳が、一九五二年に西脇順三郎によって、ついで中桐雅夫、深瀬基寛、上田保、吉田健一、大沢実によって次々と出版されると、一次大戦後の「西欧の没落」のヴィジョンと、二次大戦後の日本の荒廃のヴィジョンが重ねられて、〈荒地派〉の詩人たちが現代詩の主流と見なされ、月刊詩誌『詩学』を媒体に、〈荒地派〉を中心とする戦後詩の大きな波が形成されていった。

戦後が遥か遠くなったいま、あらためて『マチネ・ポエティク詩集』を開いてみると、ここに並ぶ詩はどれもハイ・ブラウで、難解な語彙が目立つが、彼らが日本の近代詩とフランス象徴派の詩――ボードレールやマラルメ――をふまえて「詩の革命」を実現しようとした情熱は貴いものに感じられる。

たとえば、巻頭におかれた福永武彦の詩――

火の島

ただひとりの少女に

死の馬車のゆらぎ行く日はめぐる
旅のはて　いにしへの美に通ひ
花と香料と夜とは眠る
不可思議な遠い風土の憩ひ

漆黒の森は無窮をとざし
夢をこえ樹樹はみどりを歌ふ
約束を染める微笑の日射
この生の長いわだちを洗ふ

明星のしるす時劫を離れ
忘却の灰よしづかにくだれ
幾たびの夏のこよみの上に
火の島に燃える夕べは香り

あこがれの幸《さち》をささやく小鳥
暮れのこる空に羽むれるまでに

これは「ひとりの少女」の死を悼む詩といってよいであろうか？　入念に選ばれた語彙、詩行のリズム、精密に工夫された脚韻——そうした構成意志によって造られた一四行の詩は、日常をはなれた黄昏のような世界をつくっている。

ともあれ、『マチネ・ポエティク詩集』が日本の現代詩に対して投げかけた問題は、日本の文学界の集合意識のなかで、消え去ることはなかったらしい。この本の翻刻版が一九八一年に思潮社から、二〇一四年には水声社からと、重ねて出版された。

『マチネ・ポエティク詩集』から四年後の一九五二年、二十一歳の若い詩人谷川俊太郎が『二十億光年の孤独』でデビュー、間をおかず『62のソネット』（一九五三）を出して新星として知られるようになった。だが、谷川のソネット連作は、一行の音節数も押韻も問題にしない一四行詩で、「マチネ・ポエティク」の詩人たちの目ざした押韻ソネットとは異なる。たとえば「廃墟」と題した一篇——

神をもとめる祈りもなく
神を呪う哲学もなく

さながら無のようにかすかに
そこにはただ神自身の歌ばかりがあった

私はもはや歌わぬだろう
たしかな幸福の昨日について
寂寥《せきりよう》の予感あふれる明日について
そしてはるかにむなしい快晴の今日について

廃墟は時の骨だ
今日の風が忘れる方へ吹いてゆき
人の意味は晴れわたった空に消える

廃墟はただ佇むことを憧れる
若い太陽の下に
意味もなく佇むためにのみ佇むことを

ストレス・アクセントで詩のリズムをつくるヨーロッパの言語とちがって、基本的に音節の数（つまり七・五調）でリズムをつくる日本語では、行末の押韻も成立し難く、ソネットはこういう形であってもいいのかもしれない。

最近の日本の現代詩を詳しく知るわけではないが、現代詩の前衛だとされる詩人たちの作品のなかには、ぼくが詩だと考えるものから遠い作品も多い。絵画の分野では、〈ビエンナーレ〉とか〈トリエンナーレ〉とかいったイヴェントで、伝統的な「アート」の概念を外れるパフォーマンスや映像や刺青のようなものが、作品として出品されることがあるが、「詩」の概念もいま多元主義によって引き裂かれているのであろうか。こちらが「時代おくれ」なのかもしれないが、ホメロスやダンテ、ペトラルカ、シェイクスピア、『源氏物語』といった東西の古典とその伝統を継承する詩学を、文学の本道と考える文学観は失いたくないと思う。

*

ここまで書いてきて、リルケのことを思い出した。若いころリルケが好きになって、未熟な文章を書いたことがあった。いま、記憶のなかの一篇を引用し、梧葉の秋声を耳にしながら筆を擱く。

アネモネの、草地の朝を次第次第に

ひらいてゆく花びらの力よ、
やがて高らかに明け渡った空の多音の
光が花のふところにまでふりそそぐ。

張り切った筋肉をひろげて
限りもなく受け容れる星形のしずかな中心。
時としてはあまりの充実に、
落日の憩いに誘う合図すら

反りかえった花びらを
もうお前のもとに呼び戻す力がない。
何という多くの世界の決意であり力であるお前。

力づくの私たちはそんなに早く散らぬかも知れぬ。
だが、いつ、あらゆる生のいつの日に、
私たちは遂に開いて、受け容れる者となるのか。

——『オルフォイスのソネット』第二部・V（高安国世訳）

文献リスト（抄）

1　ペトラルカの著作と翻訳、研究、その他

Il Petrarca con Nvove Spositioni（Lyone, 1574）.

Canzoniere（*Rerum vulgarium fragmenta*）.（E. Chiorboli, Milano, Trevigini, 1924; Bari, Laterza, 1954）.

Selections from the Canzoniere and Other Works, trans. Mark Musa（Oxford World's Classics, 1985, 2008）.

Canzoniere, A cura di Sabrina Stroppa（Giulio Einaudi, Torino, 2011 e 2016）.

The Canzoniere or Rerum vulgarium fragmenta, trans. Mark Musa（Bloomington, Indiana UP, 1996）.

Sonnets and Shorter Poems, trans. David R. Slavitt（Cambridge, Mass., Harvard UP, 2012）.

「カンツォニエーレ詩抄」池田廉訳。『世界文学体系74　ルネサンス文学集』（筑摩書房、一九六四）所収。

「カンツォニエーレ抄」河島英昭訳。『世界文学全集4　ボッカッチョ／ペトラルカ／ミケランジェロ』（講談社、一九八九）所収。

『ルネサンス書簡集』近藤恒一編訳（岩波文庫、一九八九）。

『カンツォニエーレ――俗事詩片』池田廉訳（名古屋大学出版会、一九九二）。

『わが秘密』近藤恒一訳（岩波文庫、一九九六）。

『凱旋』池田廉訳（名古屋大学出版会、二〇〇四）。

『ペトラルカ＝ボッカッチョ往復書簡』近藤恒一編訳（岩波文庫、二〇〇六）。

『無知について』近藤恒一訳（岩波文庫、二〇一〇）。

『ペトラルカとラウラ――ヴォークリューズ便り』V・ドヴレー編、谷口伊兵衛訳（文化書房博文社、二〇一二）。


E・H・ウィルキンス『ペトラルカの生涯』渡辺友市訳（東海大学出版会、一九七〇）。

近藤恒一『ペトラルカ研究』（創文社、一九八四）。

佐藤三夫『ヒューマニスト・ペトラルカ』（東信堂、一九九五）。

近藤恒一『ペトラルカと対話体文学』（創文社、一九九七）。

――『ペトラルカ――生涯と文学』（岩波書店、二〇〇二）。


オウィディウス『変身物語』中村善也訳、上下二巻（岩波文庫、一九八一、一九八四）。

ダンテ『神曲』平川祐弘訳、世界文学全集Ⅲ－3（河出書房新社、一九六九）。

――『新生』平川祐弘訳（河出書房新社、二〇一二）。

2　英国ルネサンスのペトラルキズム

櫻井正一郎『結句有情――英国ルネサンス期ソネット論』（山口書店、一九七九）。

大塚定徳、村里好俊訳『イギリス・ルネサンス恋愛詩集』（大阪教育図書、二〇〇六）。

岩永弘人『ペトラルキズムのありか――エリザベス朝恋愛ソネット論』（音羽書房／鶴見書店、二〇一〇）。

岩崎宗治『薔薇の詩人たち――英国ルネサンス・ソネットを読む』（国文社、二〇一二）。

――編訳『英国ルネサンス恋愛ソネット集』（岩波文庫、二〇一三）。

シェイクスピア『ソネット集と恋人の嘆き』岩崎宗治訳（国文社、二〇一五）。

大塚定徳、村里好俊訳・著『シドニーの詩集・詩論・牧歌劇』（大阪教育図書、二〇一六）。

3　日本語のソネット

福永武彦、加藤周一、原條あき子、中西哲吉、窪田啓作、白井健三郎、枝野和夫、中村真一郎『マチネ・ポエティク詩集』（真善美社、一九四八）。

——『マチネ・ポエティク詩集』（思潮社、一九八一）。

——『マチネ・ポエティク詩集』（水声社、二〇一四）。

谷川俊太郎『64のソネット』（東京創元社、一九五三）。

——『64のソネット＋36』（集英社文庫、二〇〇九）。

あとがき

一九六四～六六年にケンブリッジに留学中、美術史のイコノロジーの方法を劇の舞台タブロー解釈に応用して、シェイクスピア劇の新しい意味を解明する研究を進めていたとき、ペトラルカの『カンツォニエーレ』と『凱旋』を英訳で読んだ。シェイクスピア時代の英国で、当時流行していた恋愛ソネット連作のペトラルキズムに対する諷刺が、『ロミオとジュリエット』に見られるのは周知のことだが、「凱旋《トライアンフ》」の観念と図像がシェイクスピア劇の舞台タブローに対して大きな意味をもつことに気づいて、『リチャード三世』における〈ファーザー・タイム〉の勝利《トライアンフ》や、『リア王』結末でリアがコーディリアを抱いて現れるときの舞台タブローの〈真実の勝利〉のアイロニカルな図像について、論文を書いた。

それから数年後、友人で職場の同僚でもあった升本匡彦氏（故人。名著『横浜ゲーテ座』の研究で知る人ぞ知る）が英国に留学したとき、ペトラルカの本が見つかったら手に入れてほしいとお願いしていて、おかげで入手したのが袖珍版 *Il Petrarca con Nvove Spositioni*（Lyone, 1574）であった。ぼくは、この本に収められた『凱旋』の挿絵の幾つかを、シェイクスピア劇の図像解釈に引用した。

二〇〇五年ころから英国ルネサンス・ソネットへの関心が強まり、シェイクスピアの『ソネット集と恋人の嘆き』をはじめ、サミュエル・ダニエルや、ヘンリー・コンスタブル、マイケル・ドレイトン等のソネット連作を翻訳し、それぞれの詩集について得た考えを、論集『薔薇の詩人たち』に収めた。その間に、これらの詩人たちの「詩」の理念と発想の形式を決定しているものの中核がペトラルカの詩と詩理念だということを、一語一語、翻訳しながら、いわば身体的に確認した。当然、というべきか、ペトラルカ詩の方も、テクストに即して親しく知っておきたいという思いが強まって、未熟なイタリア語を武器に『カンツォニエーレ』の翻訳に挑戦することにした。

というわけで、本書は『カンツォニエーレ』のほんの一部（Musa の *Selections* を一つの参考に、卑見により「366 カンツォーネ」その他数篇を加えた約五〇篇の詩）の拙い翻訳だが、わがままな思いから敢えて上梓することにした。厳しい事情の中、出版を引き受けてくださった水声社社主鈴木宏氏に感謝する。

『カンツォニエーレ』の翻訳は、すでに一九九二年、池田廉訳が公刊されており、これは詩のテクストの訳に、評釈、影響、解説、年譜などを付した浩瀚な学術的著作である。この本から多くを教えられたことを記して、敬意と感謝を表する。

二〇二〇年十月

岩崎宗治

編訳者について――

岩崎宗治（いわさきそうじ）　一九二九年、三重県に生まれる。名古屋大学岡崎高等師範学校、愛知学芸大学、ケンブリッジ大学大学院に学ぶ。長らく名古屋大学で教鞭をとった。Master of Letters（ケンブリッジ大学）、文学博士（名古屋大学）、名古屋大学名誉教授。専攻は、シェイクスピア、英米現代詩、二十世紀文学批評。
主な著書に、『シェイクスピアのイコノロジー』（三省堂、一九九四年）、『シェイクスピアの文化史』（名古屋大学出版会、二〇〇二年）、『薔薇の詩人たち』（国文社、二〇一二年）、主な訳書に、W・エンプソン『曖昧の七つの型』（研究社、一九七四年／岩波文庫、二〇〇六年）、T・S・エリオット『荒地』（岩波文庫、二〇一〇年）、『英国ルネサンス恋愛ソネット集』（岩波文庫、二〇一三年）、W・シェイクスピア『ソネット集と恋人の嘆き』（国文社、二〇一五年）等がある。

装幀――滝澤和子

ペトラルカ恋愛詩選

二〇二〇年一二月五日第一版第一刷印刷　二〇二〇年一二月一五日第一版第一刷発行

編訳者――岩崎宗治

発行者――鈴木宏

発行所――株式会社水声社

東京都文京区小石川二―七―五　郵便番号一一二―〇〇〇二

電話〇三―三八一八―六〇四〇　FAX〇三―三八一八―二四三七

［**編集部**］横浜市港北区新吉田東一―七七―一七　郵便番号二二三―〇〇五八

電話〇四五―七一七―五三五六　FAX〇四五―七一七―五三五七

郵便振替〇〇一八〇―四―六五四一〇〇

URL : http://www.suiseisha.net

印刷・製本――モリモト印刷

ISBN978-4-8010-0532-7